# マスク
# 口罩

スペイン風邪をめぐる小説集

菊池寬

劉子倩——譯

# 目次

# 口罩

光看外表的話我很胖，因此外人以為我身強體壯，但我自己最清楚，其實所有內臟都比常人脆弱。

即使只是走一點坡路都會氣喘吁吁。上個樓梯也上氣不接下氣。以前當記者時，每次跑上政府各部門宏偉建築的台階，即使被帶進對方的辦公室後，往往也呼吸急促，一時之間無法開口說話。

我的肺臟也不太好。就算想深呼吸，吸氣吸到某種程度後立刻感到胸悶，無法繼續吸氣。

不僅心肺功能欠佳，去年胃腸也出問題。五臟六腑沒一個是好的。可我身材肥胖。在一般人看來始終很健康。儘管自知內臟衰弱，但被別人一直說「你看起來很健康很強壯」，聽多了之後也會產生一種自欺欺人的自信。就像其貌不揚的女子如果被周遭的人說了什麼，自己也會覺得「其實我長得不錯」。

實則體弱卻「看似健康」，導致自己對健康產生錯誤的自信時還算好。

問題是，去年年底胃腸出了嚴重毛病，去看醫生時，那個醫生帶給我相當慘痛的幻滅。

醫生摸著我的脈搏說：「奇怪，怎麼沒有脈搏，應該不可能啊。」一邊還歪著頭像在仔細傾聽什麼。也難怪醫生會這麼說。我的脈搏不知幾時起變得很微弱。就算自己按了半天，也若有似無，只能隱約感覺到。

醫生按著我的手沉默了長達一分鐘後，表情有點嚴肅地說：

「啊，還是有脈搏啦。但是很少看到這麼弱的脈搏。過去醫生沒有對你的心臟說過什麼嗎？」

「沒有。不過，這兩三年我都沒看過醫生。」我回答。

醫生默默把聽診器放在我的胸口。彷彿要嗅出我藏在那裡的生命祕密，讓我感覺很不自在。

醫生一次又一次用聽診器重新傾聽。而且沿著心臟周圍，鉅細靡遺地四處探查。

「如果沒有在心跳劇烈時檢查，我也無法完全確定，不過似乎是心臟瓣膜閉鎖不全。」

「那是一種病嗎？」我問。

「是的。換句話說是心臟有缺陷，所以已經無法補救。首先那個部位就不可能開刀。」

「會有生命危險嗎？」我戰戰兢兢探詢。

「不會，你現在不也活得好好的，只要小心使用就沒問題。還有，你的心臟好像有點偏右腫大。最好不要太胖。如果變成『心包油』，有可能惡化成腳氣性心臟病喔。」

醫生說的，沒一句好話。我雖對自己的心臟虛弱早有覺悟，卻沒想到會弱到這種地步。

「你千萬要小心。比方說火災的時候，不能用跑的。上次元町失火時，水道橋就有個男人是腳氣性心臟病猝死喔。他們來喊我，我去診察過。那人心臟都已經很虛弱了，好像還從家裡一口氣跑了一公里之遠。像你這樣，如果不小心，難保什麼時候就突然走了。首先絕對不能吵架過於激動。發燒也是大忌。如果罹患傷寒或流行性感冒[1]，連續三、四天燒到四十度左右的話，那就沒救了。」

這是個完全不會講好話安慰病人或哄病人的醫生。但，就算是說謊也好，我寧可他多說點好話讓我安心。被他這樣明白指出我心臟的危險，我滿心不是滋味。

「沒有什麼預防方法或養生方法嗎？」我努力尋求最後一條生路。

「沒有。就是不能吃脂肪。肉類和油脂多的魚類，最好盡量避免。要吃清淡的蔬菜。」

我暗叫不妙。對於「吃」堪稱最大樂趣的我而言，這種養生方法簡直致命。

自從這次看病後，我就覺得生命安全隨時受到威脅。尤其當時，流行性感冒正好來勢洶洶地流行起來。如果按照醫生的說法，我罹患流行性感冒就意味著死亡。而且對於當時報紙頻頻報導的這種流感，醫生在話語之間，也一再強調心臟的強弱等於是決定生死的關鍵。

我對感冒，可以說害怕極了。我想盡可能預防。我要付出最大努力，避免感冒。哪怕被人嘲笑膽小，我也絕對不要感冒而死。

於是我極力避免外出。也盡量不讓妻子和女傭出門。並且早晚用雙氧水漱口。實在逼不得已非得出門時，就戴著塞滿紗布的口罩。而且出門時和回來時都會仔細漱口。

就這樣，我做好了萬全防備。但客人上門就由不得我了。尤其是感冒好不容易剛痊癒，還在咳嗽的人來訪時，我就特別憂愁。曾經有個朋友來找我，在說話期間燒得越來越厲害，於是急忙送他回家，事後接到通知說他燒到四十度時，我連續兩三天都渾身發毛。

我每天因報紙上死亡人數的增減而一喜一憂。隨著日子一天天過去，當單日死亡人數到達三千三百三十七人締造最高紀錄，之後就開始漸漸減少（雖然減少的幅度很微弱）時，我總算鬆了一口氣。但我還是很自愛。整個二月幾乎都沒出門。朋友固然不用說，連妻子都嘲笑我的膽小。我懷疑自己得了有點神經衰弱的疑病症。不過，我對感冒的恐懼，是怎樣都無法排解的真切感受。

到了三月，隨著天氣一天比一天暖，感冒的威脅也漸漸減弱。幾乎已經無人再戴口罩了。但我還是沒摘下口罩。

「無懼疾病，甘冒傳染的風險，那是野蠻人的勇氣。害怕疾病，堅決避免傳染的危險，才是身為文明人的勇氣。在人人都已不再戴口罩時，戴著口罩當然很奇怪。但我認為那不是膽小，是文明人的勇氣。」

我這樣對朋友辯解。內心也有幾分如此相信。

直到三月底我都沒有扔掉口罩。報上不時出現報導，聲稱流行性感冒已經遠離都市轉往深山僻壤。但我還是沒扔掉口罩。這時幾乎已無人戴口罩。不過，偶爾在路面電車站一起等車的乘客中，會發現一個用黑布遮掩口鼻的人。我立刻信心大增。我覺得那人是某種同志，是我的知己。每當發現那樣的人，我就從只有自己戴口罩的羞恥得到拯救。我甚至感到驕傲，覺得自己才是真正注重衛生保健的人，在極度愛惜生命這點是個文明人。

時間來到四月，隨即進入五月。連我都不再戴口罩了。沒想到，就在四、五月之交，報上出現兩三則報導說流行性感冒又捲土重來。我滿心厭煩。都已經四、五月了，還無法徹底擺脫感冒的威脅令我非常不快。

可是連我都不想戴口罩了。白天時，初夏的太陽暖呼呼照耀大地。無論有什麼藉口，都沒道理再戴口罩。我雖對報上的報導耿耿於懷，自然時節的力量還是帶給我勇氣。

就在五月中旬時，芝加哥的棒球隊來訪，連日在早稻田比賽。那天是和帝大比賽。我也難得起意想看棒球。學生時代曾是球迷的我，這一、兩年幾乎沒看過比賽。

當日天氣晴朗，堪稱豔陽高照。綠葉掩映的目白台高地，看起來就清爽宜人。我在終點站下了電車，沿著小巷去運動場。這附近的地理環境我瞭如指掌。就在我沿著運動場邊的圍欄快步趕往入口時，忽然有個

二十三、四歲的青年追過我。我不經意望向那人的側臉。赫然發現那人竟戴著黑色口罩。當我看到那個時，不由受到某種不快的打擊。同時也對那人萌生明確的憎惡。那個男人看起來就有點不順眼。黝黑突出的黑口罩，甚至令我感到噁心如妖怪的醜陋。

此人令我不快的最大原因，肯定是因為天氣如此晴朗，他卻讓我又想起感冒的威脅。同時，也摻雜著自己戴口罩時，偶然遇見也戴口罩的人就很高興，可是自己不戴口罩後，卻覺得戴口罩的人礙眼的那種自我中心的心態。不過，比起那種心態，我更在意的是，我之所以看某人不順眼，該不會是弱者對強者的反感吧？曾經對於戴口罩那麼積極的自己，當天氣漸熱，再也不好意思戴口罩時，這個青年卻勇敢地傲然戴上口罩，理直氣壯前往數千人聚集的場所，這種態度不正是相當徹底的強者態度？

總之當我面對社會眼光和季節變化心生退縮時，這個青年卻勇敢地做到了。之所以反感此人，我想，或許是覺得受到他那種勇氣的壓迫吧。

---

**譯註1** 西班牙流感，亦稱一九一八年流感大流行，在一九一八至一九二〇那兩年間，流行性感冒病毒在全球大流行，造成全球四分之一人口感染，數千萬人死亡。

# 軟弱如神

# 一

雄吉對於好友河野自從長達兩年的戀愛事件以來——或許該稱為失戀事件，因為是以失戀為主——變得事事軟弱，生活散漫，始終難忘舊情，毫無男子氣概的表現，已經忍無可忍。

河野的愛意如明月照溝渠，而且女方誰不好選，偏偏移情別戀河野的死黨高田，女方的母親S寡婦也不惜反悔對河野的口頭承諾，默許女兒這麼做，河野竟然還對這對母女有所眷戀，在雄吉看來簡直沒出息到極點了。

雄吉如果是河野，就算自己的教養不容許動粗，想必也會更像個男人地明確表達憤恨。可河野不僅變得頹廢無力，得知對方芳心另許，居然還想犧牲自己，做出撮合堪稱情敵的高田和心上人那種自我奉獻的舉動。河野似乎認為那是一種人道主義的高尚行動。雄吉卻瞧不起河野的做法。自己被甩了，居然立刻試圖撮合自己的心上人和本該憎恨的情敵，雄吉認為，那樣一來，就連河野原本看似純真無瑕的初戀，豈不也變成虛情假意？

更慘的是，河野的那個提議，被高田用「不用你雞婆」的態度無情拒絕後，河野決定把返鄉當成最後一條生路，卻在返鄉之後才過了三天就寂寞難耐，又跑回東京來了。

還有，他一個人無力承受煎熬，就天天找不同的朋友發同樣的牢騷，靠著別人廉價又敷衍的同情勉強排遣寂寞，那種態度也令雄吉忍無可忍。

而且在細木和雄吉這些最親近的朋友聽膩了河野的牢騷，已無法給予新鮮的同情後，河野又找上高中時的老同學，乃至那些點頭之交，繼續重複同樣的行為。

「如果河野能熬過那場失戀，在鄉下默默待上半年，我們不知會多麼尊敬河野。河野自己，不知也能掙回多少男子漢的名譽。」雄吉經常對細木等人這麼說。

河野的失戀，就像歹戲拖棚，始終餘波未平。而且那餘波不知不覺轉變成放蕩胡鬧的不檢點生活。他的生活毫無目標。彷彿從個性中抽走所有的硬骨頭，看起來對任何事都缺乏堅強意志。弄到最後，他甚至拋棄以往那群好友，整天在外遊蕩。他親手毀掉了朋友對他的尊敬和信賴。

當時的雄吉，每次只要遇到細木和藤田等人一定會批評河野。和細木等人久別重逢，連續聊上三、四個小時後，回過頭才發現，對話有三分之二都在批判河野過去和現在的窩囊行為及生活。他們七嘴八舌議論著河野失戀當時提不起放不下的軟弱態度，緊接著的輕率行動，乃至他目前的頹廢生活。察覺這點，雄吉很失落。他們居然在背後拚命講好友的壞話。

這件事本身，肯定相當噁心又討人厭。但在對話中途，當他們忽然察覺「啊，對了，又在講河野的壞話了」，於是互相制止時，之後的對話必然會暫時出現大量的禁句，令人感到異樣拘束。而且不知不覺又重新開始講河野的壞話，可見雄吉等人心裡早已積壓太多對河野過著那種生活的不滿。

雄吉暗忖。在我們這群好友之間，以往從來不會背後講壞話，唯有對河野，大家坦然自若地一直批評他也不會受到絲毫的良心苛責，可見河野在朋友面前已經威嚴盡失了。失去在朋友面前的威嚴和朋友的信賴，無論對他本人或朋友而言，顯然都是相當大的悲劇。

尤其是雄吉每次聽到細木等人說「看吧，都是你啦，誰叫你讓他寫什麼報紙連載小說。如果河野很窮，這時就算有困難，至少也能過著健全又清淨的生活」，他就會感到渾身發癢的不快。河野在飽受失戀之苦的同時也受到物質生活的不安威脅時，獨排眾議讓河野寫報紙連載小說的，正是雄吉。河野遭到細木及吉岡等人的強烈反對，最後決定不寫，來找雄吉推辭時，毅然請他重新考慮的也是雄吉。

和河野一樣一貧如洗的雄吉，比起細木、吉岡等人更了解河野的心情。失戀的同時，也對一切失去活力的他，比任何時候更強烈感到窮人必有的物質上的不安。雄吉相信，消除那種不安即便無法治療失戀，至少能讓他的心情稍微放鬆，間接也等於撫平他的些許苦惱。雄吉這種想法，有段時間看起來並沒有錯。

「我可以說是因為寫連載小說才稍微得救。在當時的眾多好友之中，你的忠告最中肯。」河野後來也曾如此向雄吉致謝。對此，雄吉心裡多少也有幾分得意。可是河野的生活變成現在這樣放蕩不羈後，好像完全被歸咎為他寫小說後在物質上較為充裕的自由，就連之前建議他動筆的雄吉，細木等人也因此對他略有微詞。這當然也令雄吉不高興。

而且當時只要遇到認識雄吉也認識河野的人，對方一定會把河野最近的情況告訴他。就像是小孩做了什麼惡作劇後，旁人就要對負有監督責任的家長告狀。

對方總是用「欸！你知道河野前幾天晚上……」或者「沒想到你竟然還不知道」這種開場白，略帶誇張地向他敘述河野又幹了什麼好事。無論是哪種敘述，河野都沒在其中扮演過好人。河野的好脾氣和軟弱個性被大家狠狠利用，而且私下做出的結論總是把他當傻瓜看待。最後那些人還會故作好心地補上一句：「你們也該勸勸他。」

雄吉覺得，以他與細木、藤田等人的交情，就算聽到他們一再批判河野也不至於太不愉快，可是聽到和自己這些人不熟的人批評或侮蔑河野，就會很不高興。他忍不住想，要是河野振作點就好了。他忍不住想，河野為何就不能打起精神來。

河野不僅生活放蕩，在創作方面也是，他已完全拋下當初辦同人雜誌時的雄心壯志，竟然答應給婦女雜誌中最低級的雜誌寫連載小說。藤田等人得知後目瞪口呆，不僅驚訝也很感慨。

「就算河野放蕩，我也不想批評他。怎麼遊蕩都沒關係，只要他在創作方面更認真，我完全無話可說。或者他如果在創作方面自暴自棄，那就在生活方面好好認真過日子也行。問題是河野在生活和創作兩方面都自暴自棄，我覺得他已經沒救了。怎麼放蕩都不要緊，只要他能寫出好文章，我們絕不會有二話。」雄吉曾對細木這麼說。

河野的生活日漸脫軌後，和雄吉等人也漸漸疏遠了。傍晚五點後，不管有什麼事情去找他，他幾乎都不在家。

「無論幾點去找河野，他永遠不在家。」雄吉等人異口同聲說。對於不在家這件事，當然不能要求河野負什麼道義責任，但這種情形接連發生後，就連對這種事都產生莫名的心結了。

在這種情況下，河野結識了和雄吉等人截然不同的玩伴。

「你們不喝酒，所以沒意思。我還是需要所謂的酒友。」河野經常這樣辯解。而且河野脾氣好，不會堅持自我主張，尤其是喝醉後越發天真單純，不管跟誰都能做朋友，立刻被那些人接納。

「和那種人來往，是次要再次要的交際。你們還是我最重視的朋友。」河野也曾這麼表示。但雖說如此，河野逐漸疏遠過去的朋友，開始親近新朋友（同時也有了新的交際嗜好）畢竟是事實。河野和雄吉雖住在比鄰相向的兩個高地，他卻幾乎沒來找過雄吉。既然河野永遠不在家，雄吉當然也不想去找他。

到了今年，在只有這群好友的聚會上，雄吉等人見到久違的河野。對河野生活的不滿已在各人心中到達頂點。打從河野一進來，就陷入凝重的氣氛中。細木和藤田終於忍不住在說到忘情時，脫口冒出平時對河野的不滿。那和私下講過的河野壞話比起來只不過是一點小水花。即便如此，對河野似乎還是相當致命的打擊。雄吉私底下總是第一個帶頭講河野壞話，可是到了這種緊要關頭卻一個字也說不出口，令他十分羞愧。他認為自己很可恥，懷疑自己是因為想在所有人面前扮好人，出於自私的心態才沒開口。像細木、藤田等人那樣直言無諱，比起自己，果然才是對河野更有熱誠。一語不發保持沉默的自己，或許對河野其實最無情。

但總之，就算是臨時起意，場合也有點不合適，能有機會當面說出對河野的不滿，還是讓雄吉頗為欣喜。

他只盼這樣可以稍微把河野的生活拉回來。

然而雄吉立刻發現，這種想法只不過是他的奢望。

河野聽了細木、藤田等人的忠告，彷彿覺得是在批評他的「朋友不好」，立刻膚淺地辯解，還提及新朋友今井等人。但雄吉從報紙的八卦新聞得知，今井那票人對細木、藤田等人分明有惡意。得知這點時，雄吉對河野不由徹底絕望了。

細木和藤田他們對河野的生活根本上的指責，被河野當成小學生那種忠告，解釋為「不許你跟某某玩」，而且轉頭立刻去告訴那個某某，這種態度叫人怎能不生氣。

「交友不慎」這種忠告，應該是給小學生或國中生，最多最多也只到高中生為止。對於一個已經年近三十，有志從事創作的人，難道朋友好壞還會是問題嗎？這明明都是自己的問題吧。河野沒勇氣坦然接受別人針對自己生活核心的指責，反倒想把矛頭轉移到無辜玩伴，他這種毫無男子氣概的軟弱態度，令雄吉極為鄙視。這種事，應該自己放在心裡默默忍著才對吧，自己一個人無法忍受，就把玩伴捲入批判的漩渦中，藉著依賴他們，企圖逃避細木等人的忠告帶來的落寞與苦悶，河野這種軟弱，令雄吉十分鄙視。同時，今井那票人他們也不是完全不認識，河野沒事和那種人廝混，中傷細木、藤田等人關係的做法，也令雄吉心中相當不滿。

雄吉本來還有點同情河野聽到細木等人抱怨後的失落模樣，這下子也不剩絲毫好意了。他決定寫信指責河野。就算因此傷及他與河野的友情也沒辦法。反正如果再這樣下去，友情遲早也會破裂。

不過，就在雄吉正想寫信時，他接到了河野寄來的明信片。

「我與○○劇團一行人來到川越。今天和他們一起遊街宣傳。不經意回頭一看，我坐的車子上竟也插著河野秀一這面宣傳旗，嚇了我一跳。」

內容就這麼簡單。雄吉看到時，暗忖「這是頗有河野作風的反抗」。河野彷彿在說：「你們越勸告，我就越要放蕩給你們看。我和鄉下演員一起遊街宣傳，你們八成又會一本正經地批判我吧。」這種自暴自棄的反抗，似乎一眼就能看透。雄吉認為，既然河野的心態已如此扭曲，再質問他也毫無意義。他決定不再關心。而且河野從川越回來後，又立刻跑去大阪玩，還從那裡寄來明信片強調「玩得非常痛快」。後來雄吉從某人那裡聽說，河野自大阪回來時，在火車上感冒了，可是帝國劇場的首日公演時他雖然發高燒，還是抱病去看戲。

「那傢伙，似乎最愛去那種熱鬧場所。最近，他好像覺得自己的家裡冷清得待不住。之前的首日公演，對河野而言其實也不是非露面不可，但他就是非要去湊熱鬧。」那個男人如此補充。

*

基於這種心態，當雄吉在他們的朋友鳥井的婚禮當天上午，接到河野的限時專送明信片：「我罹患流行性感冒，從昨晚以來發燒四十度，今日不克出席鳥井的婚禮。請代向鳥井致意。」——而且這張明信片好像還是旁人代筆，他在驚訝好友突然重病的同時，內心某處也無法抹消「活該」的念頭。他甚至覺得，這個突發事件，彷彿代為說出自己這些人對河野生活的批判。當然，河野放蕩不羈的生活，應該不是發病的直接原因。但雄吉還是忍不住想，如果河野在一個月前，肯稍微聽聽細木、藤田等人的抱怨，過著更節制更有條理的生活，這種危險的病情想必也可防患未然。

「那個警告，真是來得恰到時候。但願這次生病能讓他稍微反省。」

雄吉這麼想著。

## 二

彼此的感情就算再怎麼不好，那也是河野身體健康活蹦亂跳時的事，在他生病甚至性命垂危時，雄吉他們不可能不去探望他。

鳥井的婚禮結束後，雄吉和細木連袂來到位於下谷的河野家。

出來接待的河野母親，和河野一樣好脾氣，蒼白的臉上滿是無法負荷的憂心。似乎已有兩三天沒梳理的頭髮蓬亂，讓這個年邁的母親更令人目不忍睹。看到這個母親不惜用盡全身力氣也要挽回孩子垂危的生命，雄吉內心彷彿夾雜悲哀、虔誠與尊敬，不由萬分憐憫地凝視她。

「我真的很擔心他會怎樣。從昨天起一直高燒不退。而且秀一平時心臟就不好，我真擔心他會不會有事。」

母親低沉的聲音，雖然低沉，卻似乎在微微顫抖。

「不管誰來，我都在門口謝絕訪客，不過我還是去問問秀一吧。」母親說著走進裡屋，似乎是去問躺在房間的河野。

河野卡痰似的低沉嗓音微微傳來。母親再次出現。

「他想見你們。」說著，把雄吉兩人帶進病房。

雄吉已經一個月沒見過河野。然而，如果身體健康，本該毫無變化的河野，此刻臉色蒼白，幾乎判若兩人，頭上放著冰袋，像死人一樣躺在被褥上。

「啊，他已經出現死氣。」雄吉暗想。河野向來紅潤的臉上，此刻彷彿塗抹了臨終者常見的帶著黑色陰翳的青色。嘴唇也變成紫色。只有河野昔日曾自豪「我的眼睛很清澈吧」的雙眸，在明亮的燈光下，似乎越發澄澈。那張臉，同時也擁有河野這半生做夢都沒見過的清淨和高貴。他抬起眼冷然瞥向雄吉與細木，嘴裡微微咕噥「謝謝！」後，似乎還想說什麼，但大概是喉頭卡痰，只見他痛苦地顫動咽喉，什麼也沒說出來。

雄吉和細木本來只當是尋常探病，沒想到卻碰上朋友瀕死的場面，看起來實在很虛無，因此只能保持沉默。

然而，看著河野前所未有，甚至堪稱神聖的臉孔，河野過去一年來的所有行為，彷彿都被這次生病徹底淨化，對河野曾有過的感情糾葛，似乎也將悉數忘卻。對這個曾經共度種種生活將近十年的好友，純真的友情似乎打從心底深深甦醒了。

雄吉當晚在回家的路上想，為了這個瀕死的朋友，一定要盡力而為。

河野生病後，最困擾的想必還是錢的問題。他替報紙寫連載小說的收入，似乎是右手進左手出，小說出版後的版稅，也被他事先預支花光了。而且河野最近突然注重穿著打扮，新買了令人懷疑和身分不配的高級西服和外套，在雄吉想來，他只可能欠債，多餘的錢恐怕一毛也沒有。尤其是他病倒後，月底想必一毛錢稿費也收不到。

雄吉想找其他朋友募款，至少替河野湊個一、兩百圓。可是實際去募款後，其他的朋友不是反應冷淡就是和河野一樣得了重感冒，沒有想像中那麼容易湊到錢。

最後他只好打消那個念頭，決定出版前輩和朋友們的傑作選集，把版稅送給河野。這個方法，既不會給任何人增添太大麻煩，又能簡單得到大筆錢。畢竟，從自己的舊作或已選入作品集的作品中，為選集割愛一篇，對作家而言，只需一點好意就能做到。

河野的病情，連著四、五天都嚴重到堪稱病危的狀態。醫生為了保護他脆弱的心臟，似乎使盡各種方法。

雄吉很憂慮河野那樣危險的病情，一邊與細木商量，著手出版選集的計畫。河野的病情險惡，甚至令人擔心這本選集能拿到的版稅是否會變成給河野的奠儀。

就在那時。

某天吉岡突然來找雄吉。吉岡和河野走得很近，但和雄吉還談不上是朋友。關係沒有親密到足以互相拜訪的程度。

因此，雄吉對吉岡的來訪不免有點意外。

「啊！抱歉打擾一下。因為我有點事情想跟你商量。」吉岡對著出來迎接的雄吉如此申明，去了二樓。

吉岡一坐下，還沒坐穩就急著說：

「唉，其實我是在外面聽到一點風聲。據說河野生病很缺錢，所以你們正為他募款，是真的嗎？」他似乎有點性急，劈頭就迅速問道。

雄吉不解吉岡為何問起那個，但他想八成是吉岡打算出點錢，於是回答：

「是有籌錢的計畫啦……」

吉岡似乎有點難以啟齒。

「提這個或許很突然，事實上是Ｓ家說，如果河野缺錢，需要多少醫療費他們都可以出。所以我剛剛其實不動聲色地去河野家看過狀況，他的家人說他不省人事不能見任何人，我只好走了。所以，我認為你可能是最合適的對象，才來找你商量，他現在到底怎樣了？」吉岡用天生的明快語氣，連珠炮似地說。

雄吉本來對吉岡說的話只是隨便聽聽，但他意外察覺對方說的是相當重大的問題，不免緊張起來。

雄吉身為河野的代理人，必須判斷這樣的恩惠到底該不該接受，深感責任重大。

儘管就表面而言，S家是辜負河野愛情的舊情人的家，但兩年前過世的S先生和河野情同師徒，所以S家提出要出資替河野解圍，並非毫無道理。可是——問題沒有那麼簡單。

河野與S家，雖未正式登報斷絕關係，但是如今雙方存在相當大的衝突。河野對S寡婦的毀約懷恨在心，從去年以來已發表過好幾篇字裡行間暗藏報仇意圖的作品。

儘管關係破裂，得知河野重病後，S家還是主動提議出錢，那或許是想把過去的糾紛悉數忘記，對河野在作品中表現的反抗性、復仇性態度毫不介意，出於一種「愛你的敵人」、「以德報怨」的美好純真的心態。但是——雄吉想，如果用善意去解釋，這當然是一樁美事；但是如果稍微帶點惡意去揣測，也不是完全不能反過來解釋。S家說不定是卑鄙地別有用心，眼看過去一直作對的敵人陷入窘境，硬是等到對方走投無路了，這才給予對方無法推辭的幫助，讓敵人今後徹底無話可說。

雄吉當然想相信S家的動機是出於拋開過往恩怨的單純好意。但是那個動機，無論是好是壞，在雙方已結下梁子的情況下，雖說對方重病瀕死，也的確很缺錢，但這種給錢的提議，無論出於多麼至純至善的動機，難道不也意味著給對方的嚴重侮辱？當一個互別苗頭的可恨對手提出這種提議時，只要是稍有血性的男人，想必都不可能乖乖接受吧。如果雄吉是河野，一定會毫不猶豫地憤然推開這隻援手。不僅會推開，說不定還會考慮針對對方這種侮辱做出報復。

吉岡見雄吉默默陷入沉思，又開口解釋。

「我本來想不動聲色地試探河野的意思，可他已接近不省人事，而且我怕說了之後害他情緒激動反而不好，所以就默默離開了。要不然，在河野面前不提S家的名字也行。就說是某位善心人士同情河野的窘境願意出錢即可。你看怎麼樣？」吉岡催促雄吉答覆。

雄吉下定決心說：

「我不贊成。我當然很感謝S家的好意。同時，也不是不了解對方的心情。可是，不管怎樣，雙方已經是那種關係了。甚至可以說已斷絕關係。如果接受他們的幫助，萬一不省人事的河野將來康復了，說他寧死也不接受S家的好意，恐怕會陷入無法挽回的僵局。而且我相信河野理所當然會這麼做。因此只要他還活著，我就得拒絕這筆錢。不過，如果他死了自然另當別論。他病得那麼重，說不定真的會死，如果是在他死後當作奠儀，我想我會替河野欣然收下。人如果死了，就代表那些過節也消失了，況且我想，如果要讓河野的母親過得好一點，還是盡量多點錢比較好……」雄吉預想河野實際死亡的狀況說。

「不過，在他活著時，我想拒絕。就算河野說要收下，我也會勸他打消念頭。更何況現在河野不省人事，我實在開不了這個口替他收下。」雄吉相當嚴肅地說。甚至有一種自己正在為瀕死的好友，正當、公正地代言的感動。

「況且，如果已經使盡方法仍籌不到任何錢也就算了，可如今這只是我們雞婆地猜測河野可能缺錢，並不是河野自己說他缺錢。就算他真的缺錢，他還有朋友，也有親戚，在依靠S家幫忙之前，我們自己先盡力而為，我想這才是正理吧。」雄吉繼而如此說道。

吉岡對雄吉的拒絕似乎不怎麼生氣，傾聽的過程中態度算是很平靜，當下心平氣和地接受了。

「這樣子嗎？唷！我明白了。其實我也是打從一開始就覺得有點不妥。」

雄吉想，這件事如果讓病床上的河野知道了，肯定會很憤慨。八成會氣憤S家的態度，認為對方趁他體弱多病時想略施小惠侮辱他。而且他認為河野一定會感激他代為峻拒S家的提議。

「所以，你們正在籌錢？」過了一會兒，吉岡問。

「不，本來想募款，可是不管捐十圓或二十圓，想必還是會有人手頭有點緊，所以我現在打算出版我們這群好友的傑作選集。那樣的話，就不用給任何人添麻煩了。」

「這是好主意。」吉岡相當佩服。接著又說：「如果白白收錢或給錢，將來吵架時，彼此都會不快。還是出版選集好，而且你們的作品應該也有書店願意引進。」

雄吉不由發現，吉岡在不經意中犯下的自相矛盾。同時也覺得自己採取的態度似乎進一步獲得肯定。吉岡擔心將來或許會發生不和，聲稱最好避免朋友之間的金錢餽贈。可是河野和S家的齟齬，並非只有一丁點可能性發生的將來，而是已擺在眼前的明確事實。如果吉岡真的認為，為了避免將來可能發生的不和應該避免金錢餽贈，那麼為了現在嚴重幾百倍幾千倍的不和，豈不是更該避免金錢餽贈？

雄吉認為，從憎恨的對象那裡拿錢，不是接受恩惠或好意，或許其實是接受一種侮辱。

吉岡心裡想必也察覺這個提議的不合理，或許只是基於對S家的道義，才勉強出面做說客。

想到這裡，雄吉不免感到，自己的確替瀕死的好友做出了人人認同的正當處置，也因此深感滿足。

＊

在這期間，河野漸漸康復了。起初擔心的心臟衰弱問題，也確定是杞憂。康復過程拖了很久。即便如此，在他發病後的第三個月初旬，已經健康得幾乎和常人無異。

其間，雄吉一直沒把吉岡說的事告訴河野。如果告訴河野，他一定會心生不快，在他為病情已經很鬱悶時不能告訴他，雄吉決定在他養病期間都不說。

不過，那畢竟是他代河野做的決定，好歹還是得告訴河野，取得事後承諾。同時，多少也有點想聽到河野的感謝。

某晚，河野難得來到雄吉家。已是初夏，他卻還穿著大衣。

「今天是我第　次試著晚間外出。我想已經大致沒問題了，所以來你家試試。」他說。

河野已經完全痊癒了。就算聽到一點不順耳的話，身心應該也已康復到足以坦然接受事實。雄吉認為可以說了。

閒聊告一段落時，雄吉打起精神鄭重說：

「有件事，現在終於可以告訴你。是在你不省人事的二月二十日左右發生的。那天吉岡突然來我家，我正奇怪他有什麼事，結果他說，S家說如果你缺錢，需要多少他們都可以出——」雄吉說著，注視河野的臉。河野紅著臉，神情相當緊張地盯著雄吉目不轉睛。

「我當然拒絕了。我代你毅然拒絕了。我認為那是在侮辱你。說得難聽點，那種做法簡直是拿錢收買人。要這麼想也不無可能……」

雄吉像要煽動河野的怒火，自己越發激動。

「我覺得這樣有點不像話。虧他們好意思說出那種提議。事到如今，應該沒臉來講那種事吧。」雄吉說著，暗自等待河野爆發更強烈的憤怒。

然而，河野的反應和雄吉預期的截然不同。他的臉更紅了，略低著頭，似乎在凝視榻榻米，雄吉甚至懷疑他的眼眶都濕了。過了一會兒，河野終於抬起頭。

「雖然你很憤慨，但對方並不是出於惡意那麼做。」說著，似乎也對自己的軟弱有點羞愧。但那張臉上，甚至出現感激。

雄吉很錯愕，就像是自以為要撞牆，那面牆卻軟趴趴垮掉，好一陣子就這麼愣怔凝視河野。心裡猶如猝然迷失方向的男人，一片茫然。

雄吉若是河野，對這種侮辱不知會有多麼憤慨，但河野不僅不憤慨，還滿懷感激地坦然接受。本來應該是河野自己氣憤大罵「不像話」，身為第三者的雄吉柔聲安撫，現在卻完全反過來了。雄吉認為仔細想想其實是嚴重侮辱的事，河野並不這麼認為。他完全無視於對方或許潛藏的惡意，只想汲取對方的好意。他嘴上雖然對S家講得好像充滿恨意，可是當S家稍微示好——而且在那樣的關係下無疑更像侮辱——他就忘記平日的賭氣和憤恨，只感到對方的好意。這傢伙也太沒出息，太軟弱了吧。然而，雄吉過去對河野的軟弱，大抵抱著輕蔑或冷笑。可一旦軟弱到如此地步，已經徹底超脫人性，到了無法用人類一般感情來定義的地步後，雄吉再也無法斷然輕視對方了。河野這種徹底的軟弱，被人踐踏還試圖從對方踐踏他的腳下發現某種好意的心態，或許已把軟弱徹底昇華到無邊無際的愛的境界。因此，雄吉甚至懷疑，河野身為一個人，也許比雄吉這樣靠著普通感情與道德採取行動的人還要崇高數倍。想到這裡，雄吉不免對自己用個人感情去狠狠嘲笑河野軟弱的行為深感不安。同時，對於河野無止境的軟弱，也不禁產生近似尊敬的心態。

雄吉沒有如預期中那樣得到河野的肯定與感謝，雖然有點失望，但是看著在自己面前一直低著頭的河野那張臉——那張看了快十年的臉，他就像看另一個人似的，抱著嶄新的心情凝視片刻。並且不知不覺在心裡浮現「軟弱如神」（divine weakness）這個字眼。

# 簡單的死去

十二月也已來到尾聲。報社的工作逐漸減少。快到年底休刊的時候了。大家心裡都在想：一切等過完年再說，年底再怎麼賣力工作也不過爾爾，不如偷個懶吧。而且回顧一年來的繁忙生活，倦怠感也襲上眾人心頭。為了迎接又要忙碌工作的新的一年，年底這摸魚打混的四、五天，大家只想悠哉度過。跑政治新聞的記者們，由於政府機關已放假，十一點來到報社就無所事事，只能在編輯室混時間。

雄吉也在十一點左右抵達報社後，到了三點仍未分派到任何工作，為了打發時間，只好看看報紙裝訂本，在稿紙上胡亂塗鴉，漫無目的地等待四點到來。他打算等到四點，反正也不會有工作不如早點回家。

編輯室的人大概也抱著同樣想法。昨天剛領到薪水和年終獎金，大家都荷包滿滿。有家庭的人，八成在盤算要去辦年貨。就連未婚者，大概也都急著早點回去享受暖氣和熱食。寬敞的編輯室內只有一個暖爐，由於煙匈出問題，打從剛才就一直冒煙。甚至有兩、三人在室內也沒脫大衣，因為實在太冷了。一早就飄著小雨的室外，八成起風了。雨滴開始滴滴答答敲打玻璃窗。

雄吉無所事事地起身走進圖書室。沒看到任何新書。每本書都無法勾起雄吉拿來翻閱的好奇心。

雄吉轉身打算離開圖書室。就在這時。從編輯室笑嘻嘻走來的同事川崎說：

「喂！木村！有件驚人大事喔。」雄吉暗想，該不會是發生了什麼足以成為報紙頭條的大新聞？不過，川崎並未流露絲毫職業性的興奮。

「驚人大事？發生了什麼大新聞嗎？」

「不，和新聞無關。但是很驚人。」川崎笑嘻嘻的，看起來冷靜得討厭。

「那你倒是說說看。反正以你的個性，肯定也不會多驚人。」

「不，你聽了一定會驚訝。澤田死了。」

「啥！澤田？那真是太意外了。什麼時候死的？」

「你看吧！連你也很驚訝吧。是今天清晨四點死的。」川崎說著，彷彿很享受這突如其來的驚人消息，一直滿面笑容。雄吉平時就不太喜歡川崎。而且不知聽誰說過，川崎私底下有點排擠澤田，因此對於此刻川崎笑著通知他澤田死訊的心態，不免夾雜不快的懷疑。

不過，雄吉得知澤田死去，也沒有萌生任何悲傷。

「那的確很驚人。太意外了。」雄吉說著，感到自己甚至和川崎一樣，逐漸浮現怪異的微笑。

「聽說也是流行性感冒，他四、五天前還有來報社上班呢。我連他請假都不知道。」川崎還停留在驚訝的心態，毫無哀悼之意。

那麼活力充沛、不走常規、意氣風發的澤田，把職位比自己稍微好一點的同事稱為大主管，總是牢騷滿腹充滿嘲諷的澤田，喜歡講些冷笑話和沒營養的警語還自鳴得意的澤田，竟然毫無預兆地突然死了。雄吉的心裡對此也只有異樣淺薄的驚訝，絲毫沒有同情或悲痛之類的感覺。

「啊，對了，他跟我爭論的那晚，或許就是他最後一次來社裡。」雄吉想。那正好是四天前的晚上。當晚，雄吉輪值夜班編輯。澤田那晚似乎也當值，處理完他負責的市府新聞後，在六點左右來報社。

「有什麼好玩的事嗎？」他整個人壓在雄吉的桌上，拿這句話打招呼後，立刻在雄吉旁邊的椅子坐下，瀏覽當天的晚報。

「啊，是武者小路實篤的『新村[2]』啊。」澤田發現晚報上關於「新村」的消息後，立刻大聲這麼說。

「『新村』根本是譁眾取寵的奇行。文人和小說家往往有這種傾向，喜歡特立獨行來博取人氣，所以才糟糕。就像那什麼『新村』，小說家和文人那種瘦弱的白斬雞，就算去種田，又能種出什麼名堂。」他接著又這麼說。不管看到什麼都要冷嘲熱諷批判一番，是澤田的癖好。即便成為澤田這樣嘲諷或批判的聽眾，雄吉也從來不會反駁或附和，但那晚澤田批評的對象距離雄吉太近，雄吉不禁勃然大怒。

他覺得澤田就算胡說八道或不理解也該有個限度。澤田把武者小路先生的「新村」單純視為譁眾取寵的想法太可笑，雄吉本來不想理睬，但他還是無法置若罔聞。

「澤田，你看過武者小路的文章嗎？」雄吉有點激動地問。

「沒有。」澤田依舊態度囂張地回答。

「既然沒有，那你應該不懂他是基於什麼想法創建『新村』吧。」

「不，我當然懂。那種人幹的事情，我懂得很呢。」澤田傲然回答。

「像你這種俗人，不管看誰做的事都覺得俗氣。別人抱著高尚想法做的工作，你非要俗氣地解釋。像你這種人的想法，就是所謂的俗論。」雄吉也豁出去說。

「噢？俗論！我懂了，木村先生你最近也經常寫小說，所以和『新村』那些人是一丘之貉。」澤田正眼看著雄吉報以嘲笑。雄吉也感到和對方計較有點可笑。彼此雖是同事，在思想上卻是不同世界的人。他覺得自己根本不該在意這種人說的話。

「十月號的《ＸＸ》雜誌我看了，木村先生碰上中島孤舟也被貶得一無是處啊。你那種文章，結果也是俗論嗎？哈哈哈哈哈！」被雄吉批評為俗論，似乎讓澤田很不高興，緊接著又這麼說道。雄吉認為中島孤舟這個評論家，就像在文壇入口打轉的看門狗，只要看到新作家加入，一定要吠兩聲，因此對此人全盤否定的批評並不怎麼在意。可是對文壇一無所知的澤田，似乎認為雄吉被中島孤舟罵得體無完膚，這讓雄吉相當不快。不過，雄吉還是沒回話。澤田見雄吉沉默，似乎以為已全面壓制雄吉，又繼續乘勝追擊。

「木村先生說我是俗人，但我看你才是庸才。上次社會新聞部開會時，也是你暗中煽風點火，搞得大家比平時吵得更凶。」澤田的抨擊令雄吉很意外。那次開會，雄吉根本沒去。因為碰上新年號的截稿日，他只好缺席。但是森口這個男人發言時提到雄吉的名字，所以澤田似乎認定是雄吉唆使森口發言。雄吉已經沒轍了。為了閃避澤田的攻擊，他只好起身去圖書室。他心裡還是很不快。雖然清楚對方只是單純不懂事，講壞話或嘲諷都沒有太大根據，卻還是無法控制內心的不快。

雄吉在圖書室待了十分鐘，心想戰火應該徹底熄滅了，回去一看，澤田似乎把剛才和雄吉的口角忘個精光，意氣風發地吐露自己計畫中的新事業。

「木村先生，你也投資一下我的事業嘛。像你這種人，好歹是我們社會部的大主管，長年忍耐之下至少前途還有希望，哪像我整天被人使喚打雜，只能趁現在另謀出路，否則頂著四十歲這張老臉，還在外面跑新聞，簡直是天下最悲慘的事。所以，我計畫中的事業，叫做東京納骨堂股份有限公司。名稱雖然有點怪，內容卻相當正經喔。我計畫在東京市內建造一座大納骨堂。如果是有錢人當然不擔心買不到墓地，可我們窮人活著的時候奔波勞苦，死了以後連存放骨灰的方寸之地都沒有。而且以東京市目前的狀況，地價只會越來越貴，窮人要得到墓地越來越難。尤其是我們這種離鄉背井的遊子，就算死了，骨灰恐怕還是會四處漂泊。所以我想到的就是納骨堂。我要在東京市內建造一座大納骨堂，收取一定的費用保管遺骨。當然，沒有宗教派別之分。同時也附設葬儀場，為窮人舉行簡單的喪禮。怎麼樣？木村先生，你不認為這主意很棒嗎？上次我跟市長說了之後他也很贊成，還說願意協助我。我打算弄成五十萬左右的股份，轟轟烈烈創一番事業。」澤田昂然宣稱。雄吉想起此人以前本是僧侶，對這種常人難以想到的奇思異想頗為佩服。但他旋即想起，此人以前也曾宣稱要創辦橡膠公司。

「一百股也只要五千圓。要在認識的市議員之中拉到四、五人入股，容易得很。到時候，我順理成章是總經理。」

「那才是真正的大主管呢。」某人湊熱鬧起鬨。

「等我公司創立時，就讓木村先生當小弟，替我提燈開路[3]吧。」澤田說著，得意洋洋地哄笑。

那是四天前的晚上發生的事。那樣的澤田，竟然在短短四天後（正確說來還不滿三天）死了。生前總是突發奇想不走常規的澤田，果然也死得突兀倉促。雄吉怎麼想都無法想像澤田纏綿病榻的模樣。想起的只有澤田在市府的記者俱樂部，意氣風發宣稱要創辦納骨堂股份有限公司的模樣。腦中浮現的不是澤田害怕死神逼近，死前輾轉反側的苦悶幻影，而是帶著嘲諷又蠻橫無理，偏偏其實沒什麼惡意的澤田平口的模樣。同事過世本該稍感哀悼，雄吉心頭卻沒有浮現絲毫感傷。而且對於自己的無動於衷，甚至不覺得內疚。不過，雄吉本來就沒有把澤田當朋友的那種私交，這當然也是他對澤田的死毫不難過的原因之一。澤田的死，雖然的確令他對本就相當恐懼的流行性感冒更感到威脅，但這顯然只是為了保護自身，並非對澤田之死有什麼感觸。

回到編輯室，部長藤田一看到雄吉，迅速穿過椅子之間走近雄吉。

「木村先生！澤田突然死了，他在東京無親無故，我想或許只能靠社裡替他打理喪禮和安葬的手續。」藤田一如往常連珠炮似地說。藤田畢竟是主管，沒有像川崎那樣笑嘻嘻。

「我剛才聽川崎說了之後也很驚訝。」雄吉回答。

「而且他是死在租屋處還是哪家醫院，一時之間也搞不清狀況，所以我已經叫山本去他的住處打聽了。等到搞清楚狀況後請你妥善處理。雖然可能會給你添麻煩，但還是得由你擔任治喪委員。」藤田說著有點同情地笑了。

「我當治喪委員？」雄吉說著也報以苦笑。距離過年只剩兩三天，就算是無所事事的雄吉，到了年底也有點忙，這時候被指派擔任治喪委員簡直是要命。雄吉本來就是社會新聞部的幹事。改選期過了幾次都不了了之。而部長藤田，每次一有什麼事件，就會忽然又想起似地把雄吉當成幹事。

「所以，今晚必須有人代表我們社會部出席守靈，那個人選也由你指派。」藤田如此補充。

「啥！守靈嗎？」雄吉說著很為難。眼看就要過年了，而且白天都寒氣刺骨，現在竟然要徹夜守在屍體旁邊到天亮，更何況那具屍體可不是死於普通疾病，是流行性感冒這種傳染力相當可怕的疾病。再加上，如果那邊有死者家屬會對自己的出席心懷感激，熬夜守靈好歹還有點價值，問題是那只是出租公寓的一室。雄吉一邊猜想是否有人會爽快一點自願去守靈，一邊去找圍著暖爐說話的同事們。大家都在談死去的澤田。就像在處理社會新聞版的名人死訊，抱著同樣程度的好奇與冷靜談論澤田稻次郎。

「他經常當成口頭禪掛在嘴上的，就是『我和市長同名，所以起碼也有市長這樣的運勢』。」某人這麼一說，大家哈哈大笑。

「不，澤田的架子比田尻市長還大。記得有一次，田尻市長上任典禮時，在精養軒招待跑市政新聞的記者，澤田就開始演說，當著市長和副市長及市議員等人的面，滔滔不絕講了一個多鐘頭。他張狂議論的範圍涉及市政問題各方面。可他只有架勢唬人，誰也聽不懂他在說什麼。連市長都傻眼了。」川崎好笑地說。

「必須有人出席守靈夜，澤田生前和他最要好的是誰？」雄吉從旁插嘴問。

聽到守靈夜這個字眼，大家猝然收起剛才的笑容。想必是因為，雖是死亡這種大事，但畢竟事不關己，所以才能夠坦然當成閒聊的話題，可是一旦扯到守靈，那就不再是別人家的事，成了直接降臨自己身上的問題了。

「社內應該幾乎沒人和他關係好吧。就像我，基於工作性質，本來應該和他走得很近，可是我們幾乎沒說過工作以外的話題。」川崎一本正經地辯解。

「澤田講話相當諷刺，所以往往為了一點小事就得罪人。」角田老人說。雄吉也有同感。他想起四天前，和澤田的那場小口角。雄吉絕對沒有因此就厭惡澤田。但是也沒有想要主動替他做點什麼的好感。

「他和跑市政新聞的那些記者好像也處得不太好。他的個性有點自命清高。」某人說。

「沒人自願去守靈嗎？」雄吉說著環視眾人。

「門兒都沒有！」擁有傳統江戶人那種耍寶氣質的吉田，在頭上揮舞右手。

「連死了都沒人願意去守靈，可見平日交友還是滿重要的。」雄吉真心感慨說。

「他自己顯然也考慮過身後事，最近不是老在說納骨堂股份有限公司的事嗎？」角田老人說。

「哈哈哈！納骨堂股份有限公司！」川崎這麼一說，眾人齊聲大笑。

雄吉本來想，澤田如果起碼有個像樣的朋友，就讓那人去守靈，可是現在看來，顯然只能另謀對策了。

「既然如此，那只好抽籤決定了。」雄吉半帶宣告的意味說。

「抽籤！媽呀，這下子事情大條了。」吉田說著拍頭。

「如果是尾牙抽獎品倒還好，抽這種籤我可受不了。啊，對了，我記得藤田先生好像託我去辦事。」向來賴皮偷懶也被大家包容的戶田，說著就想套上扔在桌上的外套。雄吉對大家討厭抽籤的心態也深有同感。問題是，如果就此任由戶田賴皮，自己無法交差。

「喂！不准開溜，有什麼事也等抽完籤再去辦。我現在立刻做籤。」雄吉把話說得比較重了。

「不是，今晚我受到招待不能不去。拜託，今天就放我一馬，喪禮那天我一定排除萬難準時到場。」戶田似乎真的很困擾，連著鞠躬哈腰兩三次。

「不行不行，絕對不行。你不能這麼任性。」雄吉斬釘截鐵說。

「不會吧。我今天本來要休假，我心想到了今天總不可能還有什麼事，所以才放心地來上班，結果居然這麼倒楣。」

「戶田先生，偶爾才來上一次班，就會這樣喔。」吉田嘲諷他。

雄吉趁機做好籤條。他撕下稿紙，只做了十三根籤。因為在場的記者正好十三人。已經無人再談論澤田了。大家都感到某種不安。做籤條的雄吉，內心也有某種凝重又惱人的不安。如果最後是自己抽中了怎麼辦？嚴格說來有點疑病症傾向的雄吉，對這次的感冒也極端恐懼。在社內，比任何人先買口罩的就是雄吉。他也用硼酸漱口。甚至不時吃奎寧藥丸預防感冒。對於這麼害怕感冒的雄吉而言，或許得在危險的屍體旁邊待上一整晚的預想，肯定令他相當不安。不過，這種不安，想必也是大家此刻都有的心態。像戶田和吉田這種個性的人，是露骨表現出那種不安，反觀角田老人和川崎，基於莫名其妙的道義感，只是默默審慎以對。但大家的心裡，都拚命想逃避去守靈的差使。那是理所當然的正常反應。對於毫無交情的澤田，憑什麼非得冒著被傳染的危險（就算說是冒著生命危險也不為過），挨餓受凍地熬夜度過寒冷的冬夜？歸根究柢真有必要做那種事嗎？雄吉想，為了同事之誼、道義、人情交際這些虛情假意的表面文章，就必須搞得大家都這麼不愉快嗎？

籤條終於做好了。

「有兩個人會抽中。因為我覺得只有一個人去的話太委屈，所以決定兩人同行。」雄吉如此解釋。只有一支籤中獎的話，抽中的機率相對較低，但是想到一個人去的壞處，大家似乎都贊成兩人制。

穿著外套扭扭捏捏的戶田，等到籤一做好就搶著第一個抽籤。

「來，讓我試試手氣。」他說著猛然抽出一支籤。但是到了打開籤條的時候，雄吉感到，戶田的臉色也逐漸變得蒼白。

戶田一看籤是白色的，頓時滿臉通紅地說：「啊好險好險，我贊成我贊成。」如果這時旁邊沒人，他八成已經激動得跳起來。

「那我可以理直氣壯地走了吧。」戶田說著，逃命似地走了。

眾人沉默。但是顯然都很羨慕戶田。雄吉也很羨慕戶田。

「該我抽了。」「我也抽一支。」大家爭相從雄吉手裡抽籤。每個人都和戶田一樣，神情緊張地戰戰兢兢打開籤條。每次籤條被抽走，雄吉就等著誰中獎。可是他手裡已經只剩四支籤了，還沒有任何人抽中。沒抽中的人又圍爐聊起澤田的八卦。雄吉感到危險步步逼近。如果自己做的籤居然被自己抽中那就太慘了。最後只剩三支籤時，本來在寫稿的吉野和今井過來抽籤。兩人都中獎了。

「啊呀太好了！」雄吉差點忘情地揚聲大喊。

今井和吉野都才入社不到半年，平時總是被分派到苦差事。而且菜鳥的悲哀，就是即使這樣中獎了也不敢出言抗議。不過兩人都很喪氣。

「昨晚下谷失火，我忙到三點都還沒睡。」今井畏畏縮縮對雄吉說。

雄吉很同情今井因為向來溫順，總是被使喚去做各種困難的苦差事。但這種情況他也愛莫能助。

「那你現在立刻去睡覺，十一點左右再過去好嗎？在那之前，應該有別人去。我也打算抽空去一趟。」雄吉說。既然用抽籤強迫兩人去守靈了，他認為自己起碼該在剛入夜時過去露個面。

「守靈就決定由吉野和今井去，不過也請大家盡量在傍晚去一趟。」雄吉對大家說。

然而大家都不吭氣。逃過中籤的人們，似乎止沉浸在小小的幸福感。因流行性感冒輕易死掉的澤田如果是第一不幸的人，這麼冷的夜晚還得在危險的病房熬夜守靈的人就是第二不幸的人。大家的心裡，似乎都潛藏著徹底逃過這兩種危險的幸福意識。

「吉野，先喝一杯打打氣再去好好加油。這也是出來混社會的人情道義嘛，哈哈哈哈哈！」道地江戶人的吉田，對吉野起鬨。吉野凝視爐火，茫然陷入沉思。

今井也好不到哪裡去，坐在桌前托腮一語不發。

「大家籌點錢好好慰勞一下今井和吉野吧？」雄吉說。可是無人贊成。今井和吉野都苦著臉毫無笑容。

這時總機小姐大喊，「藤田先生，山本先生來電！」氣氛頓時有點緊張。因為山本會打電話回來，想必是已經打聽清楚澤田死前死後的狀況。

藤田照例性急地抓起桌上的話筒。

「噢，原來如此。原來如此。然後呢？」藤田如此熱切地接聽電話，隨即暫時放下話筒說：

「木村先生，澤田的遺體據說在紅十字醫院。」

「紅十字醫院！我懂了，一定是被送去停屍間了。在停屍間守靈。哎喲簡直太討厭了。」似乎有過那種經驗的吉田，皺眉看著吉野和今井。霎時，今井和吉野的臉色都倏然發白。雄吉也在一瞬間想像空曠寬敞的建築物中那荒涼的停屍間。想到今井和吉野必須在沒有火爐，也不可能有熱茶的停屍間，守在外人（除了同事這一點點關係，在感情上完全是外人）的屍體旁，一邊擔心傳染的危險，一邊冷得發抖地熬過整晚，雖然事不關己，雄吉還是為之黯然。在那種黯然的背後，對於這種社會性的惺惺作態，以及扭曲自己真正的感情，為了表面名目不得不受委屈的習慣，也有某種反彈勃然萌生。

「這種晚上，在醫院停屍間那種地方守靈誰受得了。既然在醫院，我看守靈乾脆免了吧。」雄吉對藤田說。

藤田也苦笑了一下，贊成道：「好吧。」

今井和吉野都起死回生似地鬆了一口氣。

*

他給澤田的家鄉發了電報，但是連個回音都沒有。有人說澤田當初是和家鄉的兄長大吵一架離家出走。也沒有社外的朋友聽到他的死訊主動上門。在角田老人和山本的奔走下，遺體在落合的火葬場火化了。遺骨該安置何處成了一大問題。有人再次提起澤田的納骨堂股份有限公司的計畫。

大概是三十一日吧。終於收到自稱澤田兄長的人從家鄉寄來的明信片。

上面是這樣寫的：

您好

承蒙閣下儘速通知舍弟的死訊，感激不盡。本該立刻前往東京，但年底繁忙不克抽身，造成諸多麻煩深表惶恐，只能請住在東京市下谷區長者町十三號的神谷多平代表敝人前往，請將遺骨交給此人。又及，稻次郎在貴社如有員工保險金及死後收的奠儀等款項，也請一併交給此人。稻次郎若有遺稿請儘管使用。

澤田直明　敬上

XX報社社長收

而且在自己名字下方蓋的認印[4]，讓這封信顯得更卑劣。大家處理遺體時他不露面，卻連弟弟死後留下的一點東西都要算計，做兄長的這種心態令人憤慨。

「員工保險金？哈，如果真有那種東西，我還想死死看呢。」又是吉田看著明信片嘲笑。

「遺稿倒是懶得討。果然孩子是自家的好啊，他還以為他弟弟是寫社論的當家記者咧。」

「不，以澤田的個性，說不定是他自己這麼向鄉親吹噓過。」大家拿明信片當話題，開了好一陣玩笑。

一如他的死被社內同仁簡單打發，也同樣被他的親兄弟簡單打發，想到這裡，雄吉對澤田自命清高的個性深感憐憫。

新年來臨。眾人心中各有新的感觸。年近五十的老記者也穿著老舊的長大衣精神抖擻來上班。社內充滿蓬勃生氣。澤田的死，連針孔大的陰翳都沒留下。

社內上下齊聚食堂，舉杯慶賀。由主筆帶頭，三呼萬歲。大家帶著微醺回到編輯室，工友穿著藍底白紋的新年新衣，把整箱賀年卡全倒在桌上。大家各自尋找寄給自己的賀年卡。每找到一張就有點開心。交遊廣闊的記者，甚至一轉眼就找到三、四十張賀年卡。

「澤田稻次郎先生收——也有寄給澤田的。」某人說著挑出一張。大家似乎都有點黯然。其間，雄吉也找到了四、五十張寄給自己的賀年卡。就在大家大致找完寄給自己的賀卡時，桌角那堆給澤田的賀卡，算來也有六、七張。

賀年卡似乎是在不知澤田死訊的情況下就已寄出。

之前吉田一心只顧著找寄給自己的賀卡，這時不知怎麼想的，把寄給澤田的賀卡整齊攏成一疊後，大吼：「喂！小鬼！」

長得像橡膠娃娃似的敏捷工友，立刻應聲飛奔而來。

「喂！附上字條送去給澤田。」他說著一本正經地遞出那疊明信片。

「我送不了。」知道這是開玩笑，膚色白皙有張梨形臉的小工友，笑嘻嘻回答。

「哪有送不了的，就送到冥府轉交。」吉田說著自己哈哈笑。

大家聽了吉田的玩笑話哄然大笑。雄吉也覺得這玩笑開得很過分。不過，並不覺得不快。身邊人的死，或許淨化了大家對活著的喜悅。身旁就有人輕易死去，自己卻平安無事迎來新年。雄吉想，或許是這種無意識的喜悅，令大家的心情比平時更亢奮浮躁。

**譯註2** 武者小路實篤為實現烏托邦的理想，曾先後在宮崎縣和埼玉縣建設勞動互助、共同生活的村落共同體「新村」，一邊務農一邊繼續寫作。

**譯註3** 提燈開路，指喪禮上提燈的先導者，也指做某人的手下拍馬屁。此處是後者的意思。

**譯註4** 認印，相較於正式的「實印」，認印只有姓氏，主要用於日常生活收包裹之類。

# 船醫的立場

# 一

晚春的伊豆半島，處處仍留有遲開的櫻花，山腰的梯田開滿黃色油菜花，宣告夏日已近。海水一天比一天藍的相模灘氤氳朦朧，就連向白雲噴吐濃煙的大島，模糊橫陳在海平線上，都顯得悠然安詳。

然而，在這樣的風景中，從熱海抵達伊東的兩名年輕武士，卻像病犬一樣神色陰沉憔悴。

兩人都綁著大束髮髻。其中一人是身高只有五尺一、二寸的小矮子。滿臉淺淺的痘疤，但是小眼睛炯炯有神，眼尾挑起，鼻梁高挺，散發彪悍的氣質，唯有凹陷的臉頰上蓄滿鬍鬚令此人的風采顯得落寞。另一人是膚色黝黑體格魁梧的濃眉大漢，但是和前者一樣憔悴。

矮子身穿藍底條紋棉質浴衣，腰繫小倉[5]腰帶，外罩棉質素色短褂，下身是鼠灰色細紋半截緊身褲。魁梧大漢披著雨衣，看不見裡面穿什麼服裝。

矮子叫做吉田寅二郎，另一人是他的同志金子重輔。

兩人於三月六日至十三日住在保土谷的旅館，日夜絞盡腦汁試圖接近停泊在神奈川的美國船。

起初他們哄騙船夫，想趁夜潛入黑船6，可是到了緊要關頭船夫全都退縮了。他們也曾試圖潛入載運柴火和飲水的官府雇傭船接近黑船，可是每艘船都有捕快同行，他們找不到機會搭便船。

八日那天，聽說美國人會登陸橫濱村，他們連忙趕去，心想或許有機會遞出早已寫好的投夷書，但那些人早已登船離去，只聽到見過美國人的村民們七嘴八舌的議論。

九日那天，金子重輔仗著自己好歹會划船，打算偷一艘漁船投奔黑船。可是白天明明看好了船在哪裡，晚上再去一看，似乎已有人駕船離去，不見船影，唯有怒濤洶湧，啃食黑暗海岸的砂礫。兩人失望地茫然佇立，幾隻野狗聚集而來，朝著他們狂吠。

「我頭一次發現，當小偷還真難。」

好強的寅二郎說著笑了，但不久就下起雨，等他們於凌晨兩點回到保土谷的旅館時，兩人連內褲都濕透了。

十一日和十二日，兩人在保土谷的旅館悶悶不樂地度過。

十三日天氣晴朗，橫濱外海展現春日海面的風情一片祥和。他們正決定今晚一定要成行，上午十點，黑船的甲板突然忙碌奔走，似乎要起錨，巍峨如山的七艘大船隨即朝江戶出發。守衛海岸的官吏們驚呼之際，大船忽在羽田海面急轉，朝外海駛去。

其中一艘直接回國，另外六艘駛向下田。

寅二郎與重輔看到黑船出發，不甘心地哭了，但是得知黑船去了下田，立刻離開保土谷的旅館緊追在後。

他們沿途住宿鎌倉、小田原、熱海，今天三月十七日從熱海啟程。兩人來到通往伊東四公里長的海岸時，道路兩旁都是橘子園，有些已提早開滿白花，馥郁的芬芳直衝鼻腔。就在兩人在橘子園的田埂坐下，正想打開便當盒時。似乎正在橘子園玩耍的孩童揚聲大喊：

「哇！有千石船[7]經過。不，比千石船還大。而且有兩艘。」

寅二郎不經意朝海上望去。只見距離海岸四公里之遙的海上，正有異樣的怪物噴著黑煙疾駛而過。那正是他做夢也忘不了的黑船。今天那三重船帆也如海鳥展翅，而且光是那樣還不夠，兩舷的火輪也在轉動，猶如巨鯨奔馳在微微掀起波濤的汪洋。

「你看！那種氣勢！」

寅二郎忘了對方是敵人，不由讚嘆。

「洋鬼子！去死！去死！居然那樣旁若無人地行駛在我們皇國大海！」

個性慷慨激昂的金子，似乎只恨自己身無雙翼，跺足大叫。

「放心，我們很快就會去美國，搶來那種技術。我們要師夷長技以制夷！」

寅二郎大口咬著在熱海溫泉旅館請人做的大飯糰，如此吶喊。

## 二

兩人抵達下田，是在隔天十八日下午。昨天在途中看見的兩艘火輪船，已在港口附近停泊。兩人找到旅館後，立刻去見守衛港口的官吏，不動聲色地打聽黑船。

根據官吏們的說法，這兩艘船是先遣部隊，佩里將軍還沒來。而且船上不僅無人會漢語，連通曉荷蘭語的口譯員都沒有，因此正愁運送柴火飲水時該如何應對。如果沒有口譯員，兩人絕不可能溜上船陳述自身情況後獲准搭便船。他們只能等待佩里搭乘的旗艦入港。

二十日早上。寅二郎察覺自己的手指縫和手腕上，四、五天前就出現的疙瘩化膿了。

從鎌倉旅館啟程的那天早上，他就發現自己的指間和手腕、手肘出現一些小疙瘩。當晚在小田原的旅館落腳後，那些小疙瘩就像有蟲子爬過似的奇癢無比。他忍不住抓了幾下，可是越抓越癢。

沒想到，過了三、四天，疙瘩變多了，尤其是昨晚，癢得睡不著，今早一看，有幾顆甚至冒出白色膿液。而且不僅是手指，雖然數量不多，但已蔓延到腹部和腰部周圍、大腿這些地方。這顯然是疥瘡。

仔細一想，他想起在保土谷的旅館，來伺候他們的女服務生就曾頻頻摳手指。他猜想是被那個女服務生傳染的，但他毫無辦法。在即將執行大事的前夕，就算只是小小的病痛，也很懊惱染上這種病。他想趁著上黑船前稍事治療。他打聽到距離下田四公里的蓮台寺村有溫泉，據說對瘡毒、疥癬頗有療效，於是當天就轉往蓮台寺村泡溫泉。

翌日二十一日下午，佩里搭乘的旗艦波瓦坦號，率領其他三艘船進港了。

二十二日至二十六日這幾天，寅二郎與重輔夜以繼日都在計畫上黑船。二十四日早上，兩人追上在下田郊外走路的夷人，遞上事先寫好的投夷書。他們對蓮台寺村的溫泉旅館謊稱要去下田住宿，每晚去海岸偷窺黑船的狀況。累了就在海岸露宿。

二十五日晚間，他們偷走繫在流經下田村莊的河邊的小船，瞞過河口的警衛船出海。但當晚波濤洶湧，以重輔生疏的操槳技術，只能讓船在原地不停打轉，過了很久還是無法出海。他們累得渾身軟如棉花，只能折返柿崎海灘。兩人在海邊的弁天堂[8]昏睡到天亮都不知道。

其間，寅二郎的疥瘡不僅毫無起色，反倒全都噁心地化膿了。面對大事當前他盡量不去在意，卻還是無法抑制充斥全身的不舒坦。

二十七日傍晚，兩人來到柿崎海邊一看，意外的是，密西西比號竟然就停泊在離岸不到二百米的海上。而且相隔不到五十米處，還有旗艦波瓦坦號下錨。似乎是打從兩三天前就在港內進行測量，最後決定更換停泊位置。寅二郎與重輔雀躍又歡喜。而且弁天堂正下方的沙灘就棄置著兩艘漁船。簡直像在叫他們偷走那漁船。

兩人立刻回到蓮台寺村吃晚餐。他們聲稱要遷往下田的旅館，準備出航。寅二郎帶了兩件替換衣物、小摺本《孝經》、《荷蘭文典》前後篇簡易版譯本兩冊，《唐詩選掌故》兩冊、抄錄本數冊，打成一個小包袱。那就是他將遠渡千里重洋帶去美國的行李。

晚間八點，兩人來到弁天堂下方的海岸一看，滿天星斗的月色下，海面意外地風平浪靜。六艘黑船各自亮起藍色停泊燈，幢幢黑影如同小島並排聳立。兩人心情激昂。可是一找白天看過的小船，只見小船已被退潮打到沙灘高處。兩人拚命推船。然而小船紋風不動。

他們只能等待再次漲潮。兩人走進弁天堂睡著了。醒來時，約莫已過了凌晨兩點。星光下，可以看到潮水已漲到弁天堂正下方。

兩人欣然上船。可是拿起船槳要出航時，才發現沒有重要的櫓臍9。他們大驚失色，連忙換到另一艘小船。但那艘船也一樣。他們慌了手腳。情急之下，兩人脫下內褲，把船槳綁在兩舷。可是還沒划到五十米，脆弱的棉布就因船槳和船舷的強烈摩擦斷掉了。兩人只能解下小倉腰帶重新綁船槳。

實際划船才發現和站在岸上看的時候不同，海上浪濤洶湧。小船動輒被海浪掀起幾乎翻覆。而且寅二郎從未划過船，只是用蠻力搖槳，所以兩人配合不佳，對著最近的密西西比號的船頭不停旋轉，船頭前方時而出現下田村的燈火，時而出現柿崎海灘的森林。小船沒有前進，始終在原地打轉。

兩人的手都快斷掉時，終於抵達密西西比號的船側。兩人只覺總算活過來了。

「美國人！美國人！」

重輔踩著小船的船舷大喊。

船上響起怪叫，好像有人出現了，隨即船側已吊下玻璃燈籠。抬頭一看，幾名洋人正從船上俯視兩人。寅二郎取出文具盒，藉著燈籠的光線迅速在懷紙寫下「吾欲往美國，請轉交將軍」，拿著那張紙片，爬上舷梯。但不幸的是，那艘船上並沒有口譯員。年老的洋人收下寅二郎那張紙片後在另一張紙寫下洋文，把兩張紙片交還給寅二郎，指著波瓦坦號，比手畫腳叫他們去那艘船。兩人雖然立刻就理解了，但他們的小船難以再繼續划行一百米。寅二郎指著船上吊掛的小艇，比手畫腳懇求對方用那個帶他去，但對方不予理會。

兩人只好拖著筋疲力盡的身體繼續划到波瓦坦號。越到外海浪濤就越洶湧。寅二郎和重輔的手掌已滿是水疱。但小船完全不聽使喚。他們想靠向內側，船偏偏靠到對著外海波濤洶湧的外側。而且被夾在船側和舷梯之間，隨著怒濤起伏，發出驚人的聲音，一再撞上船側。

站在船上的哨兵大概是聽到那聲音了。很快就有手持長棍的洋人怒罵著衝下舷梯，想用棍子把兩人搭乘的小船頂開。寅二郎心想被頂開不就完了，連忙跳向舷梯。重輔本想把纜繩拿給已經跳到梯子上的寅二郎。可是洋人毫不留情地推開小船，重輔也慌忙跳向舷梯。並且放開了小船的纜繩。

船上，還留著兩人的大小佩刀與行李。可是既已上了旗艦，他們心想總會有辦法，遂對小船漂走不屑一顧。當然，也無暇顧及。

把兩人拉上船的洋人，八成以為兩人是來船上參觀。還給兩人看指南針。兩人搖頭，央求紙筆。筆墨盒和懷紙也同樣留在小船上沒帶來。

不久，通曉日語的威廉斯出來，把兩人帶進船艙。玻璃油燈照得室內亮如白晝。

室內除了口譯員，還有兩名洋人在場。一個是副艦長蓋比斯，另一個是外科醫生華特森。他不僅懂荷蘭語還是東洋通。

寅二郎拿起平生初次使用的鵝毛筆，用漢文寫出他們想去美國的期望。威廉斯快速用日語詢問那是哪一國文字。

寅二郎回答是日文，威廉斯笑著說那不是唐土的文字嗎？威廉斯清晰的日語和對日本的知識，令寅二郎兩人大喜過望。兩人彷彿終於找到慈母之手，開始陳述內心火熱的期望。

## 三

不久，在波瓦坦號的提督房間召開了會議，討論是否該同意兩名日本青年的請求。

除了佩里提督和他的參謀，以及波瓦坦號的艦長、副艦長蓋比斯、外科醫生華特森，口譯員威廉斯也出席了。

雖已過了晚間十一點，但是事件太奇特，使得人人都很亢奮。尤其是副艦長蓋比斯，看到兩名日本青年後，被他們的熱誠感動，因此比誰都激動。

「那你們的意思是，我們拒絕這兩個青年的請求才安全嗎？」

開會意見傾向拒絕後，蓋比斯當下急了。

「我認為我們不該為這種小事和日本政府發生爭端。」

艦長打從剛才就主張拒絕。蓋比斯為了反駁艦長，忍不住從自己的位子站起來。

「可是，我認為就算和日本政府之間會有點麻煩，答應那兩個青年的請求才是正確的好事。我看了他們之前交給我們一名士官的信件譯本，不知有多麼佩服他們聰明又高尚的人格。他們熱情的靈魂打動了我。我從不知道，有色人種的心裡也藏著如此偉大的靈魂。而且光看譯本也能知道，原文是多麼明快，思路是多麼條理分明。那種清晰的頭腦，於我又是一大驚奇。光是能把這麼聰明的青年帶去我國，讓他們接觸我們的文化，我就感到無比雀躍的歡喜。我殷切盼望提督閣下能夠接受這兩個青年的請求。」

蓋比斯才剛滿三十，年輕的雙眸發亮，輕拍著桌子大吼。

「你太激動了。你必須更仔細看清現實。」下巴蓄鬍年近五十的艦長，安撫年輕人說。「你不能只從表面去解釋事情。他們的說詞很好，足以充分贏得我們的同情。但我們起碼也得考慮一下，在他們的說詞之外，或許也藏著卑鄙的動機。光憑我們和日本人短暫的交涉經驗，也知道他們是多麼機靈。而且機靈得甚至堪稱狡猾。我打從看到日前那封信，就起了這種疑心。我懷疑那兩個青年或許是日本政府派來的間諜。能夠寫出那樣出色文章的青年，不可能不受日本政府重用。他們肯定是日本政府的官員。他們假扮成落魄青年，前來試探我們。日本的法律禁止日本人出國。我們停泊在橫濱時，就從林大學頭10那裡得知此事。因此我們應當遵守這條法律，不該幫助日本人出國。想來，這兩個青年應該是日本政府為了試探我們是否忠實，特地派來的間諜。如果我們答應他們的請求，日本政府八成會立刻來抗議。而且說不定還會以我們對日本政府不忠實為由，取消我們好不容易和平取得的通商許可。」

「不，您太多疑了。」副艦長蓋比斯堅持不肯退讓。「您是沒看過那些青年，才會這麼說。那兩個青年的眼中，熱血沸騰地燃燒著渴求國外知識的熱情。那絕非間諜的眼睛。他們的衣服濕透，他們的手指，起了無數水疱。那道出他們為了偷偷接近本船，付出了多大的犧牲。如果他們真是日本政府的間諜，他們必然可以更輕易接近我們。而且當他們跳上本船時，捨棄了對他們來說比生命更重要的大小佩刀。他們為了出國，甚至不惜付出生命……」

「問題是，蓋比斯！」平日沉默寡言的佩里提督，終於開了金口。「在情感層面，我想成全那兩個青年心願的想法與你相同。但我在橫濱，已經簽訂了合眾國與日本兩國之間的條約。這樣的我，無法為私情幫助企圖違反日本法律的日本人。不過，我希望渴求知識的日本青年自由前來我國的日子將會很快來臨。我認為現在拒絕庇護這兩個青年，或許反而可以讓那樣的未來早日來臨。」

蓋比斯微微歪頭想了一下，隨即又大喊：

「閣下，您的說法我同意。但是也請您設身處地為這兩個基於光明正大的好奇心，試圖前往我國的可愛青年想一想。我們拒絕他們，就意味著把他們趕上斷頭台。我們如果把他們趕下船，他們想必會立刻遭到官吏逮捕。而且日本嚴格的法律必然會讓他們身首異處。把這些因我們合眾國人的出航產生好奇，仰慕我們國家的人，親手送上斷頭台，豈不是亞美利加合眾國之恥？我們的總統，之所以把我們送來日本，並非為了簽訂形式上的條約。應該是為了在精神上喚醒孤島內空虛沉睡的可憐國民吧？可是，如今面對這些率先回應我們的可愛先驅，這些聰明睿智、堪稱代表全體國民觸覺的青年，如果我們對他們的懇求充耳不聞，難道不是違反了我們肩負的真正使命？如果我們真想做，要瞞著日本政府官員，在不得罪日本政府的情況下把兩名青年送去我國，其實非常容易。我殷切盼望提督本著我國建國以來的精神，以正義與人道之名，聽取這兩個青年的希望。」

蓋比斯的慷慨陳詞，打動了所有人。就連剛愎自用、從來不肯妥協的艦長，都沉默了片刻。

提督的臉上，也浮現明顯的感動。他似乎的確為這兩名日本青年的前途動搖了。他抬起略顯蒼白的臉孔，環視在座眾人。

「還有其他意見嗎？威廉斯！華特森！」

這時，華特森忽然想起剛才其中一名日本青年在油燈下寫字時，手指上有無數的傳染性疙瘩。

「我基於船醫的立場，只想說一句話。其中一名青年不幸罹患了Scabies impetigiosum。在我國，那是一種罕見的皮膚病。尤其對船上的衛生更是一大威脅。我身為船上衛生的負責人，必須先提醒一句。當然，我對這位青年也抱著無限同情。」

蓋比斯剛才基於正義人道的滔滔雄辯，在這個現實問題的面前也搖搖欲墜了。

提督的臉色又變了。他得到一個好藉口，足以排遣拒絕青年哀求導致的失落感。經過相當漫長的深思後，提督說：

「蓋比斯，我對這些青年的同情絕不比你少。但是除了可疑的人道，我還得考慮更多。而且，比起這些青年的心願，更應注重船上的衛生，我想各位對這點應該都毫無異議。那麼，威廉斯！就請你去勸勸他們，讓他們回陸地吧。蓋比斯！你去命人準備小艇，送他們回去。」

這些命令立刻被執行。

外科醫生華特森看著兩名日本青年被迫從舷梯下去。兩人含著眼淚，試圖打動合眾國人的仁義心，得知不被接納後，他們低調地做出些許抵抗，隨即服從那不幸的命運。看到他們純樸且堂堂正正的態度，華特森當晚回房後躺在床上徹夜難眠。

## 四

不幸的日本青年事件發生後，第三天早上，華特森和另一名士官一起上岸。

這天天氣晴朗。兩人在海岸散步後，繞到市區的小巷。孩童們惱人地跟著不放，他們比手畫腳驅趕，但孩童還是固執地如影隨形。

他們不經意來到看似兵營的建築前。貌似日本士兵的人，拿著長槍守在門口。

定睛一看，圍著那兵營的木柵欄聚集了許多男男女女。華特森一去，他們就像畏懼外國人似地退避三舍。華特森靠近木柵欄窺看營區內。距離木柵欄不到二米之處，有個關野獸的籠子。籠中，似乎有東西蠕動，華特森不由定睛凝視。這時，從那籠子的格子之間，出現兩張蒼白的人臉，看著他默默微笑。華特森感到可怕的戰慄竄過全身上下。他認出了那兩張臉孔。那分明是之前夜訪自己船艦的不幸的日本青年。那個籠子用來關兩個成年人太小了。兩人只能促膝縮起身子坐著。

兩人可憐的模樣，令華特森黯然。他不禁用英語大喊：

「噢，可憐人哪。你們怎麼會被捕？」但對方當然聽不懂。

不過，看到華特森大喊，兩名青年似乎知道華特森認出了他們，相當高興。其中一人——就是那個罹患Scabies的青年，把手掌打橫抵在頸部，示意自己不久就會被斬首，同時哄然大笑。那種比羅馬人卡托更克己的態度震懾了華特森。華特森感到自己抓著木柵欄的雙手，因為某種畏懼微微顫抖。他覺得自己無論如何都得設法拯救兩名日本青年的性命。

驀然一看，大笑的青年用手比出寫字的動作，示意他提供紙筆。華特森在懷中搜尋，找到一根鉛筆。但他全身上下沒有任何紙張。這時一名日本少年，不知從哪裡撿來薄木片給他。正當他思忖該怎麼送進相隔二米的籠子時，年老的獄卒接過代為轉交。

那個青年接下鉛筆後，滿臉不可思議地看了一眼，隨即毫不猶豫地在木片上流暢書寫。十五分鐘後，木片已經密密麻麻寫滿字跡，連一點空白都沒有，送還到華特森的手裡。

華特森默默以眼神向青年致意，在心裡祝福著兩個不幸的青年，就此回到船上。然後把那木片拿給擔任中文翻譯的廣東人羅森看。

羅森替他翻譯如下。

英雄壯志鎩羽而歸，頓成作奸犯科者。我等於眾目睽睽下被捕，身陷大牢暗獄中。村中長老蔑視我等，甚至百般虐待。

踏遍全國六十餘州之自由，未能滿足我等志向，因此我等發願周遊世界五大洲，此乃我等多年夙願。我等籌謀多年，不幸一朝失敗。然如今我等囚禁窄室，飲食、休息、睡眠皆不易。我等無能脫離囹圄。當如愚人哀哭乎。抑或如惡漢大笑乎。嗚呼，吾等唯沉默不已。

以佩里提督為首，那晚出席會議的人，都看了這篇譯文。並且全都不禁深受感動。

「這是多麼英雄式、哲學式的安身立命情操啊。」

提督帶著深深的嘆息如此低語。

不意間響起的抽泣聲，嚇到了在座眾人。那是來自年輕的副艦長蓋比斯。

提督走到蓋比斯身旁，輕拍他的肩膀。

「是的。你的感情才是最正確的。你現在立刻上岸。我委由你行使我擁有的一切權力，去拯救這兩個不幸青年的性命。」

蓋比斯一聽精神大振，立刻走了。

華特森受不了內心痛苦，回到自己的房間。但他在房間也坐立不安。他不得不思考，自己基於船醫的立場說出的一句話究竟正不正當。他心裡漸漸懷疑，疥瘡這種傳染病，是否真的可怕到必須犧牲青年高貴又令人同情的志向。他很想知道，皮膚病學界的泰斗對此是否有什麼見解，以便安撫自己強烈動搖的良心。於是他垂頭喪氣走向船上的圖書室。

譯註5 小倉，豐前小倉藩（現在的北九州）特產棉布，堅固耐用，主要用來做武士的腰帶和褲子。

譯註6 黑船，亦稱火輪船，江戶時代末期來自美、俄及歐洲的蒸汽船。在日本往往特指嘉永六年（一八五三）由美國海軍准將馬休・佩里率領，駛入江戶灣逼日本開放國門的海軍艦隊。

譯註7 千石船，原意是能載一千石米的船，一石米約一百五十公斤。江戶時代泛指一般大型貨船。

譯註8 弁天堂（辯天堂），供奉七福神中的辯才天女，在日本各地都有這樣的祠堂。

譯註9 櫓臍，船上用以承櫓之處。

譯註10 大學頭，江戶時代的昌平坂學問所長官。代代由林家世襲。

# 自殺救助業

根據文獻記載，京都自古以來就有無數自殺者。

京城在任何時代都比鄉下的生存競爭更激烈。一旦生活中發生無法承受的不幸，許多人乾脆一死了之。例如京都一帶發生嚴重饑荒時，與父母手足訣別，痛失心愛妻兒的人就會因此厭世自殺。還有謀官未成憤而自殺，迫於道義以死謝罪，失戀之下絕望尋短，單就數量看來簡直沒完沒了。更何況德川時代還有相約殉情的說法，有一陣子甚至都是雙雙對對去尋死。

自殺最簡便的方法似乎就是投河自盡。即使不看統計學者的自殺者統計數據，只要是對自殺稍微認真想過的人，想必都已發現這點。但京都沒有適當的投河場所。跳鴨川當然死不了，最深的地方也不足一米。所以阿俊和傳兵衛11是死在鳥邊山。多半都是選擇上吊。在那個年代當然還沒有臥軌這種事。

不過，無論如何都想投河的人，會從清水舞台跳下去。日本甚至有句俗諺叫做「抱著跳清水舞台的決心」，可見這是事實無誤。但是看到舞台底下山谷岩石上摔爛的屍體或者聽到那種傳聞後，即使人們喜歡模仿也會卻步。非要投河的人，只能像阿半與長右衛門[12]那樣大老遠跑去桂川，或者翻越逢坂山去琵琶湖，再不然就是去嵯峨的廣澤池，除此之外別無選擇。不過對於死前還想好好找點樂子的殉情者而言，這段漫長旅程或許不算辛苦，可是對於只想盡快逃離人世的人來說，實在沒心情再走上十幾公里。所以多半還是選擇上吊。例如聖護院的森林或糺森林，就常有小孩去撿茅栗，結果看到吊在半空的屍體飽受驚嚇。

但京都仍舊有很多人自殺。就算是被剝奪一切自由的人，至少還剩下自殺的自由。身陷囹圄的人起碼還能自殺。即使雙手雙腳被綁，還是可以秉持極大的意志力，用憋氣來自殺。

總之，京都沒有適當的投河場所是事實。但京都人仍舊忍受這種不便照樣自殺。自殺者的比例，似乎並沒有因為缺乏適當的投河場所就低於江戶或大阪。

到了明治時代，京都府知事槙村進行疏水工程，把琵琶湖的水引入京都。這項工程讓京都市民有了良好的水運、良好的水道，同時也有了良好的自殺場所。

疏水道寬約二十米，作為自殺場所相當理想。無論是誰，想到自己的屍體在深海底下漂來漂去任由魚群啄食，肯定都會不太愉快。縱然死了，還是希望能在適當的時間被人發現，好好安葬。疏水道就是絕佳地點。水路從蹴上經過二條沿著鴨川邊流入伏見，到處都有三米左右的深度，水也清澈乾淨。且兩岸遍植楊柳，夜間有藍色瓦斯燈光影朦朧。先斗町一帶的絲竹弦歌越過鴨川傳來。後方還有東山安靜橫亙。下雨的夜晚，兩岸或紅或藍的燈光倒映水面。對自殺者而言，這夜間水渠的美景，往往會勾起一種 Romance，令人覺得死亡不再那麼可怕，於是飄飄然跳入水中。

不過，身體的重量令自己墜落水面的剎那，無論抱著何等決心的自殺者還是會慘叫。這是人類出於本能貪生怕死的呻吟。然而為時已晚。水花四濺地沉入水中後，每個人都會一度浮起，這一刻除了想求救的本能之外別無其他。自殺者會伸手胡亂地抓水、拍水、呻吟、尖叫、掙扎。之後力氣用盡，失去意識，步向死亡，但這時若有人丟繩子救助，一般人通常都會抓住繩子。抓繩子時已經想不起投河前的決心，也沒有獲救後的懊悔。只有想活下去的強烈本能。千萬不可嘲笑自殺者開口求救或抓住救命繩索的矛盾。

總之，自從京都有了理想的投河場所，自殺者大抵都會去跳疏水道。疏水道一年的橫死人數，多的時候甚至超過百人。疏水道行經的流域中，最好的自殺地點就是靠近武德殿的僻靜木橋。經過斜坡旁向下流的水勢，不減餘勢地環繞岡崎公園流過。這座橋就在水道和公園分開之處。右邊有平安神宮的森林冷清的瓦斯燈光。左邊是成排大門緊閉的寂靜屋舍。因此鮮少有人路過。於是很多人就從這橋上欄杆跳入水中。比起從岸上投河，從橋上跳水似乎更能滿足自殺者內心潛藏的戲劇化情結。

不過，距離這座橋十米左右的下游，有一間小屋位於疏水道旁。只要有人從橋上跳水，一定會有矮小的阿婆從這小屋衝出。只要是午夜十二點前有人從橋上跳水，通常都是這個情形。阿婆必然會手持長竿，對著叫聲傳來的方向伸出那根竹竿。多半都會有回應。如果沒反應時，阿婆就追著水聲和叫聲，一次又一次伸出竹竿。有時當然也會碰上始終沒得到回應，人就這麼順流而下的情形，不過通常竹竿都會被抓住。等到自殺者抓著竹竿被拉回岸邊，看熱鬧的人群中必然會有某個男人熱心地跑去通知三百米外的派出所。如果是冬天就生火，夏天就比較簡單，讓自殺者吐水擦乾身體後，多半就恢復精神去派出所了。警員教訓個兩三句後，通常自殺者就會支支吾吾道歉。

這種救人一命的場合，過了一個月左右，會收到政府的獎狀和一圓五十錢左右的獎金。阿婆收到後，會先供在神龕，拍手膜拜兩三次後才拿去郵局存起來。

阿婆在第四屆內國勸業博覽會於岡崎公園舉辦時，就在現在的位置開設小茶店。雖只是賣零食和橘子的小店，收入卻相當不錯，因此等到博覽會的建築相繼拆除後，她仍繼續做生意。堪稱是第四屆博覽會的唯一紀念物。阿婆的丈夫已死，和女兒相依為命。隨著存款累積到一定程度，小屋也變成現在小巧乾淨的住宅。

起初剛有人從橋上跳水時，阿婆束手無策。就算大聲喊叫，也難得有人出現。縱使運氣好有人趕來，跳水者也已被捲入疏水道洶湧的水勢，就此下落不明。這種時候阿婆只能盯著晦暗的水面低聲念佛。不過，阿婆這樣見到的自殺者不止一、兩人。兩個月就有一次，多的時候甚至一個月會聽到兩次自殺者的慘叫。那就像來自地獄的死者呻吟，怯懦的阿婆實在受不了。最後阿婆決心自己試著救人。費了好大的勇氣和功夫，終於用曬衣竿救回來的，是個二十三歲的男人。此人盜用雇主家的五十圓公款決心以死謝罪，是個膽小鬼。被警察教訓一番後，他說要洗心革面好好工作。過了一個月，阿婆被官廳叫去，拿到獎金。當時的一圓五十錢[13]對阿婆是筆鉅款。她慎重考慮許久後，把錢存進當時剛流行的郵政儲金帳戶。

從此，阿婆開始賣力救人。而且救人的手法越來越熟練。只要一聽到水聲和尖叫，阿婆就會急忙起身向後跑。抓起豎立在那邊的竹竿，擺出漁夫拿魚叉戳鯉魚的架勢，瞪著水面把竹竿巧妙地伸到掙扎的自殺者面前。

竹竿伸到眼前時，可以說沒有一個自殺者不抓住。然後阿婆就拚命把竹竿往回拉。有時路過的男人來幫忙，阿婆還會不高興。因為她覺得自己的特權受到侵害。就這樣，從阿婆四十三歲那年到五十八歲的現在，她已救了五十幾條人命。所以褒獎的手續也變得非常簡單，一星期就會撥款下來。官員總是笑著說「阿婆又立功了」，一邊把錢給她。阿婆也不再像起初那麼感激，就像茶店的客人吃完麻糬付錢給她那樣，說聲「謝謝」便收下錢。碰上世間景氣良好，連著兩個月，甚至三個月都無人自殺時，阿婆就若有所憾。女兒吵著要買布做新浴衣時，阿婆也會說下次拿到一圓五十錢就買。那時是六月底，往年正是自殺者頻仍的時節，偏偏這年不知怎的無人跳水。阿婆每晚和女兒並排躺在枕上總是豎起耳朵。可是有時乾等到午夜，眼看沒戲唱了，也只能說聲「今晚也沒指望」就此閉眼睡覺。

阿婆把救助自殺者當成天大的善事。所以她和店裡的客人聊天時也經常說「別看我這樣，我可是救了很多條人命，將來肯定能去西天極樂世界」。當然誰也沒有反駁她。

但阿婆不滿的只有一點。那就是她救起的人很少向她道謝。那些人雖會在警察面前鞠躬認錯，卻幾乎沒有任何人向阿婆致謝。日後登門來道謝的人更是一個也沒有。阿婆忍不住想，「枉費我救了他們，真是無情啊。」某晚，阿婆救了十八歲的女孩。女孩清醒後得知自己獲救，當下不顧一切地放聲痛哭。好不容易被警察哄著要帶她回警局，沒想到正要過橋時，女孩趁著警察不注意再次跳進水中。然而不可思議的是，她又再次抓住阿婆伸出的竹竿獲救了。

阿婆看著再次被警察帶走的女孩背影，說道：「不管跳幾次還是想求救啊。」

阿婆雖已快六十歲，還是聽到水聲和尖叫就會伸出竹竿。而且也依然沒有任何自殺者拒絕抓住竹竿。阿婆認為那些人就是想求救才會抓住竹竿。她認為自己救了求救的人，是最好的善行。

到了今年春天，阿婆十幾年來的平靜生活，忽然出現危機。那是發生在二十一歲的女兒身上。女兒雖然長相有點俗氣，但是膚色白皙很討喜。阿婆原本打算等遠親家被徵兵的次子退伍回來後，就讓他當贅婿，用她存的三百多圓當本錢，把茶店擴大規模。這是阿婆的心願也是期待。

可是女兒徹底背叛了母親的心願。她和從今年二月起，在熊野通二條下的熊野座這個小劇場表演的嵐扇太郎這名流浪藝人，陷入常見的男女關係。扇太郎巧妙唆使女兒偷母親的存摺，去郵局把錢提領一空，帶著女兒不知逃到哪裡去了。

阿婆除了驚愕與絕望，已經什麼也不剩。全部財產僅有店裡連五圓都不到的商品，以及少許衣物。不過如果繼續經營茶店，倒也不至於無法維生。可她已經毫無指望了。

她苦等女兒的消息，但是等了兩個月終歸徒勞。她已無力再活下去。她打算尋死。想了無數個夜晚後，她終於決心投河自殺。她認為這樣便可逃避難堪的絕望，同時也能給女兒一點教訓。她選擇家附近熟悉的那座橋作為自殺地點。因為她想，如果從那裡跳水，應該不會再有人阻攔。

某晚，阿婆站在那座橋上。自己救過的自殺者臉孔逐一浮現腦海，而且那些人的臉上似乎都掛著一種奇妙的嘲諷笑容。不過幸虧她見過太多自殺者，早已把自殺當成家常便飯，因此也沒有感到太大恐懼。阿婆搖搖晃晃，彷彿從欄杆滑落般跳下去了。

當她驀然醒來時，只見周遭站著警察和看熱鬧的人。和她以往引來的人群相同，只是這次她的位置變了。看熱鬧的人之中，甚至有人在奇怪警察身旁怎麼沒看到每次那個阿婆。

阿婆有點羞愧也有點氣憤，懷著難以名狀的不快環視周遭。可是警察身旁每次自己站的位置，此刻站著一個膚色黝黑的四十幾歲男人。當阿婆醒悟就是那人救了自己時，她恨死那個男人了，真想狠狠揪住對方算帳。阿婆的內心充滿怒火，就像睡得好好的卻被人叫醒般一肚子怒氣無處發洩。

男人似乎毫無所覺，還在和警察說「要是再晚來一步，人就死定了」。那是阿婆也曾屢次對警察說的老台詞。話語之間洋溢救人一命的自豪。

阿婆察覺自己蒼老的肌膚暴露在眾人眼皮子底下，慌忙合攏前襟，但是心裡的憤怒與羞恥熊熊燃燒。熟識的警察說：「向來負責救人的妳居然自己也自殺，這可不行啊。」阿婆充耳不聞地匆匆逃回自己家。警察隨後進來，教訓阿婆別再想不開，這也是阿婆早已聽過幾十遍的話。這時驀然回神才發現，那個四十幾歲男人和看熱鬧的眾人，正從敞開的大門好奇地旁觀。阿婆像瘋了似地跑過去用力關上大門。

從此，阿婆過著寂寞又無力的生活。她甚至連自殺的力氣都沒有了。女兒毫無歸來的跡象。只有沉重如爛泥的生活日復一日。

阿婆家的後門，還豎立著那根長長的曬衣竿。卻再也沒聽過從那橋上跳水自殺的人獲救的傳聞。

**譯註11** 阿俊和傳兵衛，淨琉璃和歌舞伎的人物，根據京都實際發生的殉情事件改編。

**譯註12** 阿半和長右衛門，淨琉璃、歌舞伎的人物，根據老少戀的殉情事件改編。

**譯註13** 明治時代的一圓約等於現代的一、兩萬日圓。

# 島原殉情

當時，我正在思考報紙連載小說的故事大綱，那是描寫一個貧窮的沒落貴族得罪某暴發戶，遭到對方用各種手段在物質方面壓迫的故事。貴族掙扎著試圖擺脫那種壓迫。但他的掙扎，反而落入暴發戶設下的圈套，成了法律上的罪人。

我希望那個貴族走投無路觸犯法律的情節，能夠盡量逼真，就像實際會發生的案例。我想避免通俗小說常見的老套場景。因此盤算著找個法律專家諮詢。

我在腦中逐一細數老友之中念法律的人。高中時的知己，後來有好幾人大學都是讀法律，但我能想到的那些人，不是進入郵船公司就是出國，再不然就是政治系畢業進入政府的農商務省，或者在三菱上班，始終想不出有哪個法律專家可以解決我的疑難。後來，我忽然想起我中學時的老友綾部，去年離開京都的地方法院來到東京，目前任職有樂町的ＸＸ法律事務所。他剛到東京時，曾經寄明信片通知我，那個ＸＸ知名律師的名字，很奇妙地居然還清晰留在我腦中。

於是我去見了自從在三高[14]時見過一面，已闊別六、七年的綾部。他和學生時代判若兩人，膚色變得很白。而且做過三、四年檢察官的經歷，還留在他那清澈卻死氣沉沉的冰冷眼中。他爽快地迎接我，替我設想哪種犯罪適合我的小說情節。還參考各種刑法條文，為我費了相當大的心思。而且他還說：

「哎，你身為小說家居然能注意到法律這方面，真是令人佩服。當今小說家的作品，在我們專業人員看來，有很多相當可笑的情節。只需懲役的刑責，居然判處禁錮，或者三年以上懲役的罪行變成兩年懲役，不對勁的地方很多。而且小說家寫的題材，通常完全不出小說家個人的生活範圍，令我相當不滿。說到我們的要求，就是希望小說家能用以法律為背景的事件，也就是關於民事刑事的有趣事件為題材，好好描寫一番。畢竟要成為完全的法治國家，還是得讓每個人的法律觀念更發達才行。因此，我希望你們能多寫點關於法律的事件，讓一般人知道法律在人類生活中具有多麼重要的意義。如果你打算寫，那我倒是可以把檢察官時代的種種經驗告訴你。」

他這樣做出開場白後，對我敘述了以下的故事。

*

「車子進入大門時，我心想『啊，島原花街就是這裡啊』，同時也不由感到相當強烈的幻滅以及伴隨而來的失落。說來丟人，那還是我第一次去島原。我從高中到大學，在京都待了六年之久，但直到那時為止，我始終沒見識過昔日那麼有名的島原。有一、兩次，朋友曾邀我『要不要去看花魁遊街』，但是個性嚴謹——或者該說是膽小的我，甚至提不起興趣走進那種風月場所。

所以，直到我大學剛畢業的那時，腦中想像的島原，依然是小說、戲劇、小曲及傳說中的島原。是有成排壯麗宏偉的建築物，美麗的花魁來往穿梭，猶如彩色浮世繪的花柳街。

因此，那天——我記得是十一月初旬——上級檢察官命我去島原出差時，我難以抑制內心莫名的興味蠢動。我是要去島原，而且是去勘驗那天早上殉情自殺的案子，因此，對地點的興趣，和對案件的興趣，令我雙重興奮。

『島原殉情』這個字眼，猶如小說或戲劇的名稱，在我心頭美妙浮現。

然而，當人力車穿過大門駛進紅燈區內，當我從垂著布簾的賽璐珞車窗，看見十一月的黯淡午後陽光中，彷彿沉澱的渣滓般成排屋頂低矮腐朽的建築時，正因為那是名聲響亮的風月場所，更加令我感到悲慘的落魄。就像衰弱瀕死的病人，被醫生親手推開，只能靜待死期，每戶房子似乎都頹廢地放棄掙扎，任由命運擺布。從有徽紋的布簾之間可窺見的屋子內部，也都黯淡陰鬱，如實呈現出步向滅亡的模樣。

車子拐進巷子時，出現在我眼前的建築物更悲慘，與其說悲慘，或許該用醜惡來形容更適當。處處都是用粗糙木條偷工減料，塗上俗豔色彩的格子門以及窗櫺那種暗紅色，給人煩躁不快之感。就連燻黑的角落燈籠上寫的『第二清開樓』或『相川樓』之類的文字，都有種鄉下妓院常見的下等感。

殉情案發生的那座青樓前，站著轄區分局的警員，因此我立刻找到了。

當我下車時，之前從法院出來時的興奮和好奇已一絲不剩。

那棟樓，是這條街上成排的簡陋雙層樓房之一。走進入口後，土間是典型的京都建築風格，一路直通深處，左邊是家人和妓女們住的房間，右邊立刻是樓梯，嫖客進來後就可以直接上二樓。

殉情自殺當然是發生在二樓。我在警部的迎接下，正要走上樓梯時，驀然發現土間半路上掛了一塊淺黃色布簾，從那縫隙間，看似這家妓院老闆娘的女人正冷冷盯著我的臉。她那寬闊的額頭凸起，眼睛散發詭異光芒，是個令人一眼就忘不了的女人。

我幹勁十足地拾級而上。這時，先上樓的警部忽然歪身避向右邊。可我毫不在乎，不以為意地逕自走上樓。沒想到，當我走到樓梯頂時，腳下竟有異物散落——那瞬間，我真的這麼以為。但是等我驚訝地定睛一看，原來我穿著襪子的腳，差點踩到仰臥在走廊的女人凌亂的頭髮。當時我受到的衝擊，迄今仍可回想起幾分。我本以為既是殉情，一定是在哪個房間尋常陳屍。我再仔細一看，殉情似乎是在上樓梯後緊挨著的四疊半房間發生，女人倒下時好像撞歪了紙門，門內的榻榻米上，沾滿整片已凝固的黏稠鮮血。在那血泊中，還鋪著似乎是印花布還是什麼做的破舊棉被，女人的雙腳微微搭在被子上。天花板幾乎碰到頭的低矮房間內，只有一扇採光的小窗，大白天也很昏暗，在那昏暗的角落，亂七八雜堆放著看似這對男女自殺前享用的蓋飯和酒瓶之類。牆壁是京都妓院常見的泛黃沙壁，但再仔細一看，盡頭的牆上，就像是含在嘴裡噴出來似的，濺滿整片血跡。

還不習慣這種場所的我，只看一眼，就彷彿被那淒慘情景澆了一盆冷水，頓時毛骨悚然，但當著在場的警部、書記等人面前，我只能強裝冷靜，先檢視女人的傷口。女人似乎割斷了頸動脈，全身的血液彷彿悉數從那傷口噴出，從胸部到膝蓋，黏糊糊地浸濕骯髒的棉絨睡衣，之後又從榻榻米上朝著走廊流淌一大片。不過，檢視傷口時，更令我動容的，是那張憔悴至極的臉孔。雖然的確是年近三十歲的瘦臉，但是看著蒼白粗糙如土的皮膚，眼角紅腫潰爛的眼睛，我無法說那是臉孔。甚至無法稱之為人類。只感到難以名狀的悲慘。

自殺未遂的男人，已被搬到另一個房間讓醫生急救。我來現場勘驗的主要目的，就是要訊問男人，確認本案是否為強迫自殺，或者，就算是雙方自願殉情，男方是否有幫助自殺的事實。

兩人寫了遺書，因此毫無強迫自殺的嫌疑，但是幫助自殺的嫌疑十分大。

為了臨床訊問那男人，我去了他躺臥的房間。一看之下，此人理著小平頭，年約二十歲，國字臉，看似工匠，層層包裹咽喉傷口的繃帶鼓起，幾乎掩沒下顎。他的臉上毫無血色，眼神渙散恍惚，但即便我不是專業醫師，也立刻看出他的傷並非致命傷。

我訊問前，在警方那邊已問過兩人身分的查明，以及殉情自殺的經過。男方據說是福島縣人，是西陣的紡織工人，日前接到徵兵令，將於十二月入伍。女方是鳥取縣人，今年二十九歲，已在島原工作了快十年，但是由於負債累累，至今無法解約，平時個性就陰沉，再加上最近家鄉通知她母親罹病，她成天把想回去探望母親掛在嘴上，卻因工作在身無法成行，甚為不甘。男人從十月初開始來找她，那天已是第六、七次光顧，兩人於早上七點自殺，當時家中眾人還在睡，過了三十分鐘左右，老闆娘終於聽見男人的呻吟。老闆娘衝上樓時，女人已經斷氣，老闆娘搶過男人手裡的短刀，但在使用短刀前，兩人還喝了揮發油，只是沒死成。

我聽了這番經過後，開始訊問。

我正要訊問時，警部和巡查讓那男人在床上坐起來。男人試圖抬頭，但咽喉的傷口似乎很痛，只見他咬緊牙關，強忍痛苦試圖起來。

『如果不舒服，就那樣躺著沒關係。』

我如此提醒，警部卻打斷我的話。

『沒事，他好得很，只是割到氣管，沒有生命危險。』說著又責罵那個年輕人。

『喂！打起精神來，給我放清醒一點，這點小傷，死不了的。』

說著，還拍了一下年輕人的肩膀。

對年輕人的慘狀萌生的同情，立刻被我的職業良心壓下。等我開始訊問時，已換上普通檢察官的口吻。當時，我已漸漸學會訊問被告的訣竅。

『好，接下來，我要問你幾個問題。我告訴你，已經發生的事誰也無法挽回，你就別再自尋煩惱想太多，最好像個男子漢說出實話。你既然豁出去做了這種事，就該像個男子漢敢做敢當，老實回答我的問題。知道嗎？可別在心裡自作聰明地盤算如果說出原委會被怎麼看待，如果怎樣說會被怎麼解釋。假使你思考之後才說，就會變成謊言。如果說謊，就會自相矛盾。如果自相矛盾，連真話也會變成謊言。知道嗎？所以，如果你肯說出真話令我滿意，已經發生的事也沒什麼好追究，到頭來會對你更有利。所以還是說實話才是最聰明的上策。』

無論是檢察官或預審法官，在訊問前必然都會這麼說。而且如果不讓對方卸下心防，到時候滿嘴謊言就傷腦筋了。

『怎樣，你打算像個男子漢說實話嗎？』

我這樣再次提醒後，包著繃帶脖子不能動的年輕人，從受傷的咽喉發出呻吟般的聲音回答：

『我會像男子漢，說實話。』

不過，通常所有的被告都在這麼回答後滿嘴謊言。

『那女人叫什麼名字！』

『錦木。』

『你什麼時候開始來找她的？』

『十月初。』

『那還不到一個月嘛。到目前為止你來了幾次？』

『這次是第六次。』

『一次多少錢？』

『報告大人！』年輕人有點支吾，痛苦地吞嚥口水後才說：『六圓至十圓左右。』

『你在工廠領多少？』

『一天一圓五十錢左右。』

『嗯，扣掉飯錢和上澡堂的費用之類的，每個月大概還剩多少？』
『大人，大概剩十圓。』
『是嗎？只剩十圓，可是你一個月就來了六次，每次要花六、七圓，這樣錢應該不夠吧。』
『是。』
『那你是從別的地方設法弄到錢嘍？』
『是。』
『是從誰那裡弄到錢的？』
『報告大人！我向朋友借了二十圓。』
『沒別的了嗎？』
『還向師傅借了十圓。』
『嗯。加起來三十圓。欠這麼一點錢，你應該不至於還不起吧。』

『是。』

『那你為什麼要做這種傻事？』

年輕人似乎暫時陷入沉思，但他忽然咳嗽，隨即從嘴裡噴出血沫。原來是氣管受傷，導致血流到嘴裡。

我懷疑自己的訊問是否令青年的傷勢加重，於是問法醫，他神情自若地說：

『怕什麼！絕對沒問題。不管做什麼，都沒有性命危險。你放心繼續問吧。』

於是我安心地再次對年輕人說：

『看吧，你那樣考慮半天可不行。要爽快回答，爽快點。』

年輕人拿衛生紙擦拭嘴唇周圍的血跡，一邊說道：『我今年要去當兵，本來想在入伍前存點錢，讓父母也高興一下，可是這下子不僅存不到錢，還欠了債。而且那女人也很可憐，她一再說想返鄉探望生病的母親，卻始終回不去，所以來找我商量不如死掉算了。』

『嗯。於是你們就決定一起死嗎？可是雖說欠債，那金額也不多吧。況且，女人既然那麼想返鄉，你帶她回去不就好了。又不是什麼多遠的地方，不就在鳥取嗎？』

『是！可是事情沒這麼簡單。真的。』

『真的嗎？你說的話，聽來似乎言之有理，可是只因為這樣就尋死，我還是不大相信，你別考慮太多，有話就直說。考慮太多之後再說就變成說謊了。』

聽我這麼一說，年輕人蒼白的臉上泛起潮紅說：

『我連命都豁出去了，絕對不會說謊。』

對方有點激動，我卻用冷漠的態度說：

『真的嗎？既然如此，那就好，但我還是有點無法信服。我無法信服，這表示說話的你，心裡應該還有什麼疙瘩沒交代清楚吧？這種時候，如果還不敢說真話，身為男人豈不可恥？應該還有什麼其他原因吧。該不會是做了什麼壞事？』

『不，我絕對沒做壞事。』

年輕人急著回答的同時，傷口大概又流血了。他痛苦地咳個不停。我的心情，那時已經被職業意識占據，即使青年很痛苦，我也沒有湧現起初那樣的同情。不僅如此，我見對方相當執拗，於是臨時改變訊問的方向。

『好吧，那個就先不提，到底是誰先動手的？是你？還是女的？』

『她說要先死，先拿起短刀刺向咽喉，接著把刀戳向榻榻米交給我。』

『嗯。原來如此，那她是怎麼動刀的呢？』

『她把刀刃朝上，刺向咽喉後，血就一直流。』

『她握那把短刀時，是用右手還是左手？』

『右手。』

『是嗎？然後呢？』

『然後，我接過短刀，也刺了自己一刀，可是太痛苦了，我不禁站起來。』

『然後呢？』

『我大概發出了呻吟。後來我就意識不清了。』

『是嗎？意識不清啊，那麼那面牆上噴的血是怎麼回事？』

『是我痛苦之下蹭過去的。』

『後來呢？』

『等我清醒時，老闆娘已經奪下我手裡的短刀了。』

『原來如此。是這樣啊。那個叫做錦木的女人還真狠啊。不過，你該不會是說謊吧？你再說一次那女人刺向咽喉的經過。』

同一件事讓對方說兩次，是我們訊問時的慣用手段。被告如果說謊，重述時肯定會出現前後矛盾的情形。但，即便如此，讓咽喉受傷的被告把同樣的話講兩次，連我都覺得相當殘忍。不過，當時我滿懷熾熱的職責感，立刻打消了那種念頭。

不過，年輕人和之前的陳述毫無矛盾，把同樣的經過又講了一次。

『真的嗎？那個女人獨自做到！但你都沒有幫忙嗎？她也未免太可憐了吧，既然說好要一起死，看到女人痛苦，你應該也扶著她的手助她一臂之力才是人之常情吧？那才是人性的美德吧？撇開對錯先不談，不是應該這樣做才對嗎？』

剛才一眼看到女人的屍體時，我覺得那女人嚴格說來似乎呼吸器官有病，非常消瘦，實在不像男人說的那麼有勇氣。我打從開始就相信有幫助自殺的事實。而且剛才稍微看了一下，我發現傷口那一刀未免也太乾淨俐落了。

『我總覺得，那女人不像你說的那麼有勇氣。這點令我深感不可思議。怎樣，要不要爽快說出真話？其實她那一刀是你刺的吧？』

年輕人明顯很狼狽，連忙否認。

『不不不，怎麼可能。』

『那我問你。那女人的咽喉有刮傷，又是怎麼回事？』

年輕人似乎驀然臉紅了，但他還是沉默。

『是你幫著一起動刀的吧？』

年輕人微微搖頭。

『那你是說完全沒那回事嗎？女人割頸時，你敢說你的手沒有碰觸她的身體？』

『不，我倆抱在一起。』

我在心裡大喊『成了』。

『兩人抱在一起，嗯。剛才你好像沒這麼說過。原來如此，兩人抱在一起啊。』

『我們互相擁抱，她割頸後，就滾到一起。然後，我看她流血了就想按住。』

『原來如此，你說的話漸漸接近真相了。不過，還得更真實一點才行。還差一點。你最好再多說一點真話。』

『然後，她就掙扎著用手抓咽喉。』

『原來如此。所以才造成刮傷啊。那也是有可能的，所以我就姑且相信你。不過，你最好再仔細想想。一般女人可是很膽小柔弱的。如果是鬼神阿松16那種毒婦，或是乃木大將夫人那種女中豪傑，或許的確有可能一刀斃命。可是像她那樣身體虛弱的女人，能不能做到那種事，叫誰來想應該都知道吧。』

我這麼一說，年輕人似乎詞窮，陷入沉默。我覺得只差臨門一腳了。

『那種事即使不問你，其實從一開始就知道。我把熟識的醫生都帶來了，大致情形不用問你也知道。但我想知道你是不是會說真話的男人，你是否有可取之處，所以才問你。』

被我說到這種地步，年輕人痛苦地扭身掙扎。

『唉，大人。我好想死。請殺了我吧！』

他發出哀號，悲痛地抽泣。

我斥責年輕人。

『你怎麼能這麼軟弱！現在不正是你一生中最重要的時刻嗎！這正是你改正過去的錯誤，洗心革面重新做人的重要關鍵。你的行為如果是錯的，為了給死去的女人和社會一個交代，這正是你善盡職責，重新做人的時候。這種重要時刻，如果還說謊，那你不就毫無可取之處，成了渣男嗎？好了，別再說什麼想死的喪氣話，不如有骨氣地說出真話吧。你當時是否替她稍微扶著刀柄？你們一起滾到地上時，你是否稍微把刀子往下壓了？快點說實話！』

『我那時意識不清，記不清楚了。一起倒下時，也許我的手曾經碰她的咽喉。』

年輕人終於說出真相。我完全無法控制臉上浮現的得意微笑。

『原來如此，但你應該不至於忘記自己做了什麼吧，不，你就是很清楚才這麼說吧，不過按照常理，你的敘述聽來實在令人費解。如果是你肚子裡的蛔蟲或許清楚，可是你能否說得讓一般人也理解？但我可不是叫你說謊喔。』

年輕人沉默片刻，最後似乎終於下定決心。

『仔細想想，她自己拿刀割頸後，因為很痛苦，我就壓在她身上，替她扶著刀柄露在外面的部分。一起用力把刀往裡推。』

『那是用哪隻手？』

『右手。』

『當時你的左手在做什麼？總不可能左手無所事事地舉起來吧。當時是什麼姿勢？』

『其實，我的左手當時摟著她的脖子。』

『原來如此。這下子我明白了。這樣就解釋得通了。所以你早說不就沒事了嘛。這下子，整個經過毫無矛盾了。我完全明白了。不過，還有一個疑點。你不妨也毫不考慮地爽快說出來吧。你就爽快地說出究竟是怎麼一回事。說得讓我完全理解。快點，你就順便說一下為何要做這種事。』

『這個我剛才就說過了。』

『嗯，剛才你是怎麼說的來著？你再講一遍好嗎？剛才聽了太多敘述，說不定有些地方我誤解了。你再詳細說一次。』

我這麼說，是為了給犯人自白事實的機會。

『那是因為我本來想在當兵前存點錢，讓父母高興，結果卻欠了債，而且那個女人——』

『對對對，剛才問的就是那個。那裡你毫不考慮地再說一次。世間常有別離之苦，如果你返鄉當兵，自然也得和那個女人分開了。』

『其實，我說了半天，但除了之前說的，還有一點，還有另外一個原因，那就是我討厭當兵。所以，我苦惱之下，告訴女人，女人說那她也不想活了，所以我們才決定這麼做。』

『這是千真萬確嗎？今後你如果又說得不一樣，不僅會招來嫌疑，還會惹人厭，到頭來只會自己吃虧喔。』

『就是這樣，絕對沒錯。』

這麼說完後，年輕人的臉上浮現絕望的神情，隨即就這樣崩潰似地仰天倒下。

他顯然犯了幫助自殺罪。幫助自殺罪，要受到六個月以上七年以下的懲役或禁錮。問完年輕人後，我心裡不禁湧現『順利問出真相了』這種基於職務意識的得意和滿足。將近一小時的漫長訊問下，年輕人已經筋疲力盡，躺進被窩後仍在痛苦地聳肩喘息，我就像獵人看著自己擊落的獵物那樣盯著他看了一會兒。對於這個果然落入我的問話陷阱，意外輕易地自白的年輕人，我心懷憐憫，同時甚至有點瞧不起他的膚淺。

這時，警部走近我，用年輕人聽不見的音量耳語：

『請過來一下，那邊正在解剖。』

我聽了之後，又回到女人陳屍的那間四疊半房間。女人的屍體已被筆直安放在被子上。皺巴巴的骯髒棉絨睡衣被剝光，看起來比之前更淒慘寒酸。胸部蒼白乾瘦的皮膚，絲毫不剩人類皮膚應有的彈性。裸露的肋骨，突起的手臂關節，清楚顯現這個女人十年來的悲慘生活。還有她下半身纏裹的襯裙，令人一眼看到就忍不住扭開臉，簡直慘不忍睹。那本來是棉絨布，但是桃紅色底色已褪色，到處出現白斑，髒得已經變成灰色。再仔細一瞧，就像一般婦女會做的那樣，棉絨上面還有白棉布補丁，但是白棉布發黑變成灰色之處正好沾到噴濺的血跡，因此就連白棉布，看起來也和棉絨布一樣是骯髒的粉紅色。

女人轉眼已被切開咽喉的傷口，從胸部至腹部逐一被解剖。

法醫就像處理雞肉那樣，以熟練冷靜的動作，檢視肺臟、心臟和胃腸等器官後，聲稱女人有肺結核的初期症狀。

我看著屍體解剖，漸感心情凝重如鉛。女人營養不良的乾瘦身體，比什麼都有力地將她過去的悲慘生活狠狠砸向我的心頭。我感到她苦苦掙扎了十年，仍未發現一絲逃離地獄的曙光，她會想自殺簡直是太理所當然了。說到她預支的賣身錢，肯定不過是三、五百圓的金額。她卻為了這麼一點錢，十年來身心都飽受折磨，她會考慮用死來擺脫已別無他法擺脫的絕境，簡直再正常不過了。現代賣淫制度的罪惡，比起賣淫本身，毋寧是連這樣的世界都充斥資本主義毒素，賣淫者自身的血汗膏腴只養肥了妓院老闆。窮人家的子女，為了一點點錢失去自由，成為那些妓院老闆的獵物，被啃得連骨頭渣都不剩。想到這裡，這種犧牲者用死來擺脫無路可走的絕境，或許是他們最後的反抗，也是唯一的逃遁之路。

與其用這麼單薄的身體，穿著這麼破爛的服裝，做著卑賤的工作，不如索性自殺，對她來說不知幸福多少倍。

這時，我又想到那個幫助女人自殺的年輕人。這個女人分明一心求死，而且死亡對她才是最大的解脫。當這個女人掙扎著想自殺時，年輕人替她扶一下短刀的舉動，憑什麼構成犯罪？身陷現代社會最不幸、最不公義的夾縫中受苦的她，決定尋死有哪點不合理？更何況，就算她死了，又有幾人受害？妓院老闆受害了嗎？不，那些人吸吮她的血汗膏腴，不是已經大快朵頤了嗎？我們其實並沒有任何藉口足以阻止她尋死吧？就算能阻止她尋死，又有什麼方法拯救她？既然救不了她，那個在她尋死時幫了一點小忙的年輕人，又為何非得受到處罰？

這時，我忽然想起剛才自己作為訊問手段，刻意說給年輕人聽的話。

『……女人不也很可憐嗎？反正兩人要一起死，女人如果痛苦掙扎，你助她一臂之力不也是人之常情？那才是人性的美德吧？』

自己當成手段說出的話，此刻有力地反彈回我心口。在那個年輕人的狀況下，採取年輕人那種態度，或許才是人人該肯定的、自然的人之常情吧。那才是人性的美德吧。既然如此，自殺未遂正在受苦的他，為何還得被法律追究刑責？

這麼一想，我覺得自己剛才面對飽受傷勢折磨的青年，軟硬兼施地套他的話還洋洋得意的態度很卑鄙。我的職務良心，已經搖搖欲墜了。

我是下午兩點左右來出差的，等我辦完所有手續時，天已經黑了。我們準備離開，正在等人力車。勘驗案發現場時禁止一般民眾上二樓，但是現在都結束了，所以允許家人上樓。這時，彷彿就等這一刻，第一個上來的是剛才見過的這家老闆娘。

她一看到我，就像扁蜘蛛般伏身行禮，同時卻抬起冰冷的雙眼冷然打量我，隨即吞吞吐吐說：

『大人，那個戒指，我拿走沒關係吧？』

『戒指！戒指又是怎麼回事？』

老闆娘有點討好地陪笑說：

『大人，就是那丫頭生前戴的戒指。』

我聽到這裡，不由感到莫名的厭惡。

『妳的意思是，妳想要那具屍體手上的戒指？』

『對！就是這樣。』

我很想劈頭痛罵她一頓。但是身為檢察官的理性壓抑了我的感情。從屍體摘下戒指，就一般人情道義而言，不管有什麼債務關係，都是毫無人性的可怕舉動。然而，就法律而言，那只不過是轉移物品的位置。

『可以。』

我只能這樣苦澀地回答。老闆娘說她一個人會害怕，請刑警陪同，去了停屍的房間。

目送老闆娘的背影，我的心頭充滿說不上是憤懣還是悲哀或憂愁，異樣凝重卻又幾乎噴發而出的感情。

一般人如果死了，就算已經斷氣，還是會像活人那樣，受到比生前更尊敬的禮遇，可是她——生前掙扎再掙扎的她，飽受折磨再折磨的她——在氣絕的同時，已被當成物品本身，連身上配戴的最後一點飾品，都得被生前壓榨她的妓院老闆奪走嗎？想到這裡，我的眼中就無法克制地湧現對她紅顏薄命的同情之淚。

老闆娘拔下戒指回來了。我仔細一看，那頂多只值八、九圓，是十四K金的半月形戒指。我當下滿心煩躁，忍不住說：

『喂，妳拿那枚戒指做什麼？』

老闆娘畏畏縮縮說：

『那丫頭欠了很多錢，我想把戒指賣掉，好歹抵一點債。』

『是嗎？那妳要賣給別人吧。既然要賣不如賣給我？多少錢？十圓應該不低了吧？』

『好好好，沒問題。不過，大人為什麼要買這種東西？』

『要妳管！』

我說著，買下那枚戒指。

那時，正好人力車來了。我站起來，在老闆娘不可思議的注視下，不以為意地逕自走進錦木的房間。然後把從老闆娘那裡買來的戒指，套回她枯瘦的手指上。已近十一月中旬，屍體卻只蓋著褪色的單薄友禪單衣，看起來略顯淒寒。但是唯有她的臉色，閉著眼就像睡著了一樣安詳，對當時的我而言，是最大的安慰。

我厲聲警告跟在後面縮頭縮腦想看我要幹什麼的老闆娘。

『聽著，這枚戒指不是錦木的。是我的東西。如果這次妳敢摘下戒指，我就讓妳好看！』

老闆娘惶恐地說了什麼，但我充耳不聞逕自下樓。

坐上人力車後，我很後悔自己最後當著在場的警部和刑警面前做出的舉動太突兀。不過，事後雖後悔，但在那個當下，我的確陷入某種奇妙的亢奮，以致做出那種舉動。」

---

**譯註14** 三高，第三高等學校的簡稱，位於京都的舊制公立高中。

**譯註15** 土間，沒有鋪設木頭地板，可以直接穿鞋走過的空間。

**譯註16** 鬼神阿松，江戶後期的女賊，後來被當作小說戲曲的題材。

# 忠直卿行狀記

## 一

忠直卿的大臣們被叫去家康[17]的大本營，遭到家康痛罵一頓很是難堪。

「今天井伊與藤堂兩軍陷入苦戰，你們越前這些人難道都在睡午覺毫不知情？如果你們緊跟在兩軍之後攻城，本來大阪城立刻就能攻陷，偏偏主將年少，你們又是日本最膽小的懦夫，才會錯失良機功敗垂成。」家康越罵越生氣，猛然從座位站起來。

老臣本多富正對於今日對戰的無功而返，本來多少準備了一些辯解之詞，可是被家康這樣劈頭痛罵，甚至沒機會開口。

於是，與其說無奈，他們簡直是灰頭土臉地逃離大本營，回到越前軍的陣地，但大家都不知該如何向主君忠直卿稟報。

越前少將忠直卿，是剛滿二十一歲的主將。父親秀康卿於慶長十二年閏四月薨逝時，他年僅十三便繼承了六十七萬石的大封地，至今為止，這位主將完全不知世上還有比自己的意志更強大的意志存在。

他與生俱來的自我意志——或者該說獨斷獨行，就像生於高山頂上的杉樹傲然矗立。這次的出兵指令送達越前藩時也是，大臣們就像接到燙手山芋似地戰戰兢兢來到忠直卿面前稟報。

「御所[18]來函，殷切期盼殿下出兵大阪。」

大臣們這些年來已養成習慣，對這位幼主的意見絕對服從。然而今日必須將家康的斥責告訴忠直卿。對於生平連做夢都沒嘗過挨罵這種滋味的主君而言，大御所的嚴詞斥責會造成何等效果，他們想想就不由膽顫心寒。

聽說他們回來，忠直卿立刻傳喚他們。

「祖父大人怎麼說？肯定是賜下慰勞之詞吧。」忠直卿心情頗佳，甚至是含笑垂詢。被他這麼一問，大臣們事到如今越發狼狽。然而，他們似乎終於下定決心，其中一人誠惶誠恐說：

「您誤會了。大御所對於今日越前軍在對戰時表現不力，頗有怨言。」說著，連忙肅容平伏在地。

忠直卿長這麼大，從來不曾遭人批評或斥責，因此對這種事毫無抵抗力，也缺乏自制力。

「哼！這是什麼話。我忠直自告奮勇做先鋒，他老人家偏不許，現在卻這麼不講理地怪罪我。說穿了，這分明是祖父大人暗示我去死！你們也得死！我也得死！明日之戰，我們主僕都得成為槍下亡魂，暴屍城下。你們也去告訴士兵們，讓他們好生覺悟。」忠直卿高喊，放在膝上的雙手不停顫抖，隨即彷彿忍無可忍，拔出侍衛替他拿著的長光19佩刀，伸到大臣們面前說：

「等著瞧！我要用這把長光砍下秀賴公[20]首級，送到祖父大人面前給他瞧。」話一說完，就這麼坐著連揮了兩三下那把刀。年僅二十出頭的忠直卿，不時會有這種近似癲狂的發作。

家臣們都知道忠直卿繼承了父親秀康卿的暴躁脾氣，只是像靜待狂風掃過般堵起耳朵匍匐在地。

元和元年五月七日早上，天氣一掃數日來的陰霾終於放晴，天色尤為清朗。

大阪城被攻陷已是遲早的問題。後藤又兵衛、木村長門、薄田隼人正[21]等名將，都已在六日的交戰中戰死沙場，只剩下真田左衛門和長曾我部盛親、毛利豐前守等人，還在等著最後一戰。

將軍秀忠這日於寅時出馬。命松平筑前守利常、加藤左馬助嘉明、黑田甲斐守長政為先鋒，舉旗向岡山進軍。

家康於卯時乘轎出發。正好藤堂高虎前來，勸道：

「今日大人還是該穿上盔甲。」

家康聽了照例又露出那狡猾的微笑說：

「討伐大阪的小毛頭，用不著穿盔甲。」

家康身穿白色夾衣與茶色外褂，裹腳寬褲，手持拂塵，不停驅趕成群飛來的蒼蠅。內藤掃部頭正成、植村出羽守家政、板倉內膳正重正等近臣三十人也跟在轎子後面。

本多佐渡守正純穿著和家康一模一樣的服裝，坐著山車緊跟在家康後面。

放眼望去，從岡山口至天王寺口，集結了總數超過十五萬的大軍，旗幟在初夏的風中獵獵翻飛，頭盔前方的裝飾在陽光下閃閃生輝，隊伍嚴陣以待，只等一聲令下發動攻擊。

然而，攻擊令不僅始終未下達，還有三名御所傳令兵騎著白馬，穿梭各陣營宣布：

「正在調度義直、賴宣兩卿之兵馬，因此先鋒軍暫緩出發，勒馬退後一、兩町[22]，眾人下馬，持槍待命。」

家康想必也視今日為最後一戰，想給愛子義直、賴宣兩人一個取得敵人首級的立功機會。然而，聽到這個命令後，急性子的水野勝成，斜眼瞄著傳令兵大吼：

「已至巳時，荼臼山的敵軍似也逐漸集結，你去稟報大御所，應該速戰速決才對。」

但這兩名傳令兵才剛走，立刻又有四名傳令兵騎馬穿梭大軍之間，高聲宣布：

「各軍按兵不動，靜候指令。」

不過，從昨晚就一直亢奮至今，幾乎徹夜不眠，只等今日出戰的越前少將忠直卿，聽到這樣的命令後，反而命大臣吉田修理打先鋒，兩位本多元老大臣為首，將近三萬的大軍分為十六隊，直接衝過加賀大軍的中央，也不管加賀大軍的怒吼阻攔，二話不說就直奔天王寺，來到茶臼山前，在駐守此地的我方先鋒本多出雲守忠朝的軍隊略左方，布開鶴翼陣形[23]。

直到這時，將軍才下達軍令，通知各陣營：「城兵似打算牽制我軍至入夜，諸位當立刻開戰。」

然而，忠直卿等不及軍令下達。本多忠朝的先發部隊才剛朝敵人發射兩三槍試探，越前軍的七、八百枝長槍已經立刻一齊發射，分成十六隊的大軍鑽入籠罩的硝煙中，勢如破竹地一同攻向茶臼山。

從青屋口到茶臼山的敵軍，有左衛門尉真田幸村父子，略南邊有伊木七郎右衛門遠雄、渡邊內藏助糺、大谷大學吉胤等人堅守，總數不過六千人。

尤其越前軍派出大軍壓陣，主將忠直卿今日更是似乎抱定必死決心，在馬上拋開軍扇手持長槍，對家臣的勸阻充耳不聞，策馬勇往直前。主將都已如此，士兵自然更是不顧生死群起奮戰，因此越前軍所到之處，敵軍便如草木盡數倒下。先是本多伊予守忠昌打敗城中擊劍高手念流左太夫，青木新兵衛、乙部九郎兵衛、荻田主馬、豐島主膳等人也紛紛立功，一鼓作氣擊潰駐守茶臼山至庚申堂的真田軍，左衛門尉幸村死於西尾仁左衛門的刀下，御宿越前死於野本右近之手，眾人追著逃跑的城兵，從仙波口湧入黑門插旗，在城內四處放火。

這天取得敵軍三千六百五十二顆首級，論功勞無人能出忠直卿其右。

忠直卿立馬茶臼山，眼見越前軍的旗幟如潮水塞滿壕溝，甚至溢出城堡周圍土牆，從我軍陣營形成一個銳角，如尖錐直入大阪城中，頓時就像天真的孩童般喜孜孜地在馬鞍上蹦跳。

先發軍疾馳歸來稟報。

「青木新兵衛率先攻入大阪城。」

忠直卿喜笑顏開，按捺策馬狂奔的衝動，發瘋似地大吼：

「新兵衛功勞最大——立刻傳令給他加俸五千石！」

身為武將這是何等光榮。不僅取下讓我方傷透腦筋的左衛門尉首級，還搶在各家軍隊之前代表我軍拔得頭籌，忠直卿想，這是何等光榮！

忠直卿想到家臣們奇蹟似的戰功，覺得這似乎都是自我力量、自我意志的投射。昨天雖被祖父家康傷及自尊心，如今那傷痕不僅消失無蹤，而且忠直卿的自尊心甚至比之前增強數倍。

想到加入大阪城攻城行動的近百名大名領主中，無人能及自己的功勞，忠直卿就覺得渾身發光，志得意滿。不過，這也難怪，自己身為驍勇無雙的秀康之子，德川家嫡孫，今日有此功勛簡直太過理所當然，忠直卿難以克制內心洶湧的得意之情。

「祖父大人太小看我了。我要去大本營聽聽這下子他還有什麼話說。」想到這裡，忠直卿急忙趕往已將大本營推進岡山口的家康膝下。

家康正斜倚矮几，接受各大名領主的祝賀，但是當忠直卿一到，他特地起身，攜手把孫兒拉上前，當面誇獎他：

「幹得好。今天的頭號功臣就是我的好孫子。你的英勇，縱然比起唐土的樊噲[24]也不遜色，堪稱是日本樊噲。」

腦子一根筋的忠直卿，被這麼誇獎，高興得幾乎落淚。昨天被同一個人斥罵的憤恨，已經絲毫不剩。

當晚回到自己的陣營後，他聚集家臣大擺酒宴。他甚至覺得，自己比任何人都強，遠勝於任何人，連祖父家康誇獎的那句「日本樊噲」都讓他有點不滿足了。

他看著天黑後大阪城的天空仍四處燒得通紅的情景，把那當成是在表彰自己今日的功勳來欣賞，一邊舉杯豪飲。

除了得意之情，忠直卿內心別無他物。

次月五日，參加攻城的諸侯群集京都二條城御所時，家康拉著忠直卿的手說：

「你父秀康在世時，對我盡忠盡孝，你這次也勇冠三軍展現軍忠，我非常滿意。德川家中誰也不及你，我甚至覺得該頒發獎狀給你。只要我德川家正統還在，越前藩就永保安泰堅若磐石。」說著，將他珍藏的初花[25]茶罐賜給忠直卿。忠直卿覺得太有面子了，在座大名領主之中，彷佛只有自己渾身大放光彩。他感到天下完美無缺的滿足感，緩緩洋溢心頭。他本就不懂得克制意志，他的感情豐富，也絕非始自今日。打從兒時，他的意志和感情就不受外界任何限制，隨心所欲地恣意奔流。記憶中無論是哪方面，他都不曾比人差或輸給別人。兒時只要用破魔弓[26]射箭，勝利者必然是他。京城公卿熱中的蹴踘傳到越前福井城下，在城中也廣為流行時，踢得最好的就是他。哪怕只是圍棋、將棋、雙六這類遊戲，他也多半是贏家。至於弓馬槍劍這些武士本該必備的技藝，他也總是一學就會，迅速超越起初水準相同的近臣，即便是藩中以武術出名的年輕武士們，他也總是進步神速，立刻就能打敗他們。

就這樣，他對周遭眾人的優越感逐年增強。他已在內心深深養成確信，認定自己天資卓越，和家臣們截然不同。

然而，忠直卿內心雖確信自己勝過藩中任何人，這次出兵大阪以來，競爭功勳的對手卻是和自己身分相當的諸侯大名，他不免略感憂慮，擔心自己是否會比其中的哪個人差，尤其在戰爭這個武將最本質的職務上，是否會意外出醜。結果五月六日那場交戰，由於自己出兵過晚，招致意外失敗，幾乎動搖了他這些年的強烈自信，幸好七日的攻城戰立下大功，不僅徹底彌補他受傷的自信，還拔得頭籌，越前軍勇武之名壓倒三軍，因此忠直卿自認比任何家臣都優秀的自信，這下子更加擴大，已轉為自己比參與攻城的六十名諸侯都優秀的自信。在大阪之戰取得三千七百五十顆首級，並且摘下守城主將左衛門尉幸村首級的，的確是忠直卿的軍隊。

忠直卿把初花茶罐和日本樊噲這個美名，當成自己比任何人都優秀的證據，銘記心底。

他只覺神清氣爽。眼前一百二十名大名和小名領主，彷彿都正對忠直卿投以讚美的眼神。

他以往很驕傲自己比任何家臣都優秀。然而，比較的對象都是自己的臣子令他略感不足。可是現在，他比天下任何諸侯都率先受到大御所攜手歡迎。

自己的叔叔義直卿和賴宣卿，此役並未立下任何戰功。更何況是按照輩分同樣是他叔叔的越後侍從忠輝卿，在七日的交戰中不敵對手慘敗而歸。伊達、前田、黑田這些知名大藩的功勛，和越前家的功勛相比，也比皓月下的螢光更微弱。

這麼一想，忠直卿之前被家康斥責而受傷的優越感不僅徹底復原，而且正因為受過傷，反彈之下甚至恢復得比以前更加光彩強悍。

越前少將忠直卿，就這樣抱著自己天下第一的驕傲，在該年八月離開京都，洋洋得意回到他的居城越前福井。

# 二

越前北庄城的大廳，此刻熊熊燃起無數銀燭，幾乎令人眼花。那些白蠟熔解流淌，在蠟盤上高高堆起，可見酒宴開始至今已過了許久。

忠直卿就藩以來，白天經常召集藩中的年輕武士舉辦弓馬槍劍這類武術大賽，晚上就直接把這些武士留下來，大擺酒宴把臂同歡。

忠直卿被祖父家康譽為日本樊噲，高興得心都快化了。他和藩中的年輕武士較量槍法和劍法，把他們打得落花流水，天天藉此培養自己的驕傲。

此刻也是，忠直卿坐在上座，在下方大廳圍成大圓形的年輕武士們，都是從藩內無數年輕人中選出的武藝高手。其中也有留著前髮尚未成年的少年，但是個個都筋骨強壯目光靈動。

不過，城主忠直卿的外表英姿颯爽，比他們更出色。雖然略顯消瘦看似有點超然脫俗，炯炯雙眸卻散發異樣犀利的力量，眉宇之間洋溢精悍氣質。

忠直卿此刻睜著微醺的雙眼，定睛環視在座眾人。

在場一百多名青年，都是對他馬首是瞻，赴湯蹈火在所不辭的人，想到這裡，他心裡就不免湧現掌權者特有的驕傲。

然而，今晚他的驕傲不僅於此。自己身為武士的實力，也勝過在場所有青年，令他產生雙重驕傲。

今日他也召集家臣舉行了槍法大賽。這是集合藩內槍術出色的青年，分成兩隊對抗的紅白大賽。

而且他還以紅軍主將的身分親自上場。賽況始終對紅軍不利。上場者一個接一個被對方擊倒，紅軍的副將倒下時，白軍還有五人尚未出戰。

這時，紅軍的主將忠直卿，主動揮舞著槍身將近二十尺的長槍威風凜凜地登場了。他的氣勢驚人，直可撼動高山。白軍戰士轉眼就毫無招架之力。起初出場的侍衛長本就畏懼忠直卿的勇猛，因此雙方的槍還沒真正對上，手裡的槍就已被捲落，側腹中槍，當場痛苦倒地幾乎氣絕。接著上場的馬衛和管理衣物內庫的近侍，也是沒兩下就中槍落敗。但是白軍的副將大島左太夫，是武術教頭大島左膳的嫡子，槍法向來有藩中第一的美譽。

「殿下雖氣勢如虹，恐怕也不是左太夫的對手。」這樣的耳語不知從哪兒冒出。然而，雙方激烈對戰七、八槍後，左太夫的腰邊被狠狠刺中一記，忠直卿趁他腳步踉蹌時，又從正面戳中他的胸口要害。在場旁觀的家臣，全都盡情喝采。忠直卿調整略微急促的呼吸，一邊安靜等待對方的主將登場。心裡一如往常萬分得意。

白軍的主將是小野田右近。十二歲拜京都槍法名人權藤左門為師，到了二十歲時，槍法甚至已勝過師傅左門。然而忠直卿毫無所懼。「看槍！」他厲聲大吼，猛然出槍。不過，比起技術的力量，其中似乎也夾帶了統領六十七萬石封地的領主氣勢。激烈的對戰大概持續二十回合後，右近的右肩挨了忠直卿狠狠一記，退後六尺後，伏身說：「屬下認輸。」

觀眾席的人們高聲喝采，幾乎震垮北庄城。忠直卿得意極了。他回到上座，揚聲大吼：

「大家都辛苦了，現在就擺開酒宴慰勞一番吧。」

他的心情之佳，近來難得一見。隨著酒宴進行，寵臣輪番來到他面前說：

「殿下！自從您在大阪征戰以來，武藝越發高強了。我們已經不是您的對手。」

只要提起大阪之戰，忠直卿就會單純地心情大好。

然而，忠直卿已醉得厲害。放眼望去，也有很多人已經爛醉如泥。有人醉話連篇，也有人小聲唱起隆達小曲27。酒宴差不多也已盡興。

忠直卿忽然想起內殿無數佳麗，不免覺得都是男人的酒宴很殺風景。他猛然起身，撂下一句「你們自便！」就走了。喝得爛醉的人也連忙肅然伏身行禮。本來快睡著的侍衛們，這才驚醒過來追上主君。

忠直卿來到通往內殿的長廊下，初秋的冷風拂面令人心曠神怡。定睛一看，戶外是初十的淡淡月色，胡枝子微白的花朵爭相怒放，甚至可聽見蟲鳴唧唧。

忠直卿忽然想去庭園逛逛。他遣走從內殿出來迎接的成群侍女，只帶著一個侍衛走下院子。整個院子沾滿夜露濕氣。朦朧的月光，在澄淨如玉的夜晚空氣中，將城下街道烘托得猶如水墨畫。

忠直卿久未置身如此寂靜之中，不由欣然。天地寂然靜好。但他抛下的城中大廳，卻傳來紛雜的筵席喧嚷。看來他離席後，酒宴更加熱鬧了，甚至夾雜玩吾妻拳的吆喝聲。不過，隔了這麼遠，聽來倒也沒那麼吵鬧。

忠直卿沿著胡枝子的花叢小徑，繞過池邊走進位於小丘上的涼亭。從那裡可以望見，信越群山在蘊含淡淡月光的空氣中朦朧浮現。忠直卿陷入這些年的領主生活中從未體驗的感傷心緒，不禁在那裡待了兩刻鐘。

這時，忽有人聲傳來。聲音來自原本天地寂靜只聞蟲鳴的僻靜處。從聲音判斷，似乎正有兩人邊說話邊朝涼亭走近。

忠直卿對於自己正在享受的寂靜被意外的入侵者打擾，頗為不悅。不過，今晚的他心情不錯，還沒有暴躁到派侍衛將走近者趕走的地步。那兩人一邊說話，已越走越近。涼亭裡照不到月光，因此他們似乎做夢也沒想到，他們的主君就在這裡。

忠直卿並不想知道那兩人是誰。但是隨著兩人的聲音逐漸接近，自然聽出了那是誰和誰。聲音比較低沉沙啞的，是今天比賽時擔任白軍主將的小野田右近。聲音高亢刺耳的，是今天被忠直卿一槍擊敗的白軍副將大島左太夫。兩人打從剛才似乎就一直在談論今天的紅白大戰。

忠直卿身為領主，有生以來第一次對偷聽產生奇妙的興趣，不由全神貫注地注意那邊。

兩人大概在距離涼亭不到二十尺的池畔就停下腳了。左太夫似乎刻意壓低嗓門，問道：

「對了，你覺得殿下的武藝如何？」

右近似乎露出苦笑。

「你敢議論殿下！被聽見了可要切腹喔。」

「我們私底下不也照樣議論朝政。你覺得殿下的武藝怎麼樣？真正的實力如何？」左太夫問得相當認真，似乎屏氣凝神，正在等右近做出評價。

「那我就直說吧！進步很多。」右近說到這裡，就此打住。忠直卿感到這似乎是第一次聽到臣子坦誠無偽的讚賞。不料，右近接著又說：

「要禮讓殿下，已經不像以前那麼費事了。」

兩名年輕的武士，說到這裡似乎相視露出會心的苦笑。

聽了右近的話，不消說，忠直卿的心中自是突然掀起驚濤駭浪。忠直卿有生以來，彷彿第一次被人穿著鞋子從頭上踐踏。他的嘴唇哆嗦，渾身血液沸騰，幾乎直衝腦門。

右近的一句話，彷彿將他從過去站立的人生最高處，一把拽下來扔到地上，令他受到難以名狀的衝擊。

那的確是幾近暴怒的感情。然而，那和內心壓力過大向外發洩的暴怒截然不同。這種暴怒，是表面上雖然怒火熊熊，核心卻有難以療癒的寂寞空虛忽然產生的暴怒。他彷彿忽然發現這世間變得不可信賴，過去的全盤生活，自己擁有的一切驕傲，原來都建立在虛偽的基礎上，頓時有種失落感深深襲來。

他深吸一口氣，很想拔起侍衛拿著的佩刀，當場斬殺兩人，但此刻的他，內心已經毫無力氣去執行那樣強烈的意志。

而且，在發現自己身為主君，竟被臣子用虛偽的勝利拍馬屁還自鳴得意是多麼膚淺的同時，如果現在手刃兩人，讓所有人知道他已發現這個膚淺的事實，對他來說也很痛苦。忠直卿努力壓抑內心洶湧的感情，思索怎麼行動最適當。由於太出乎意料地碰上這種事，本就容易激動的忠直卿，情緒越發混亂得難以收拾。

跪在忠直卿身旁，從剛才就一直像個擺飾不敢動彈的聰明侍衛，當然深知此刻危機重重。他心想，如果不通知兩人主君就在這裡，還不知會出什麼大亂子。於是他偷窺主君猙獰的臉色，一邊低咳了兩三聲。

侍衛的低咳，在這個狀況下極為有效。右近和左太夫得知附近有人，立刻吃驚地閉上冒瀆主君的嘴巴。

兩人不約而同快步朝大廳那邊走了。

忠直卿的眼中燃燒怒火。但他的臉頰卻蒼白得可怕。

他從少年時代起的生活與感受，被右近的一句話徹底摧毀了。兒時只要玩遊戲總是比任何近臣高明，用破魔弓比賽射箭時比任何近臣的命中率都高，提筆習字時，負責記錄文書的老人總是拍膝大讚他的字跡，這些全都成了不快的記憶重現腦海。

在武術方面亦復如此。無論是使劍或用槍，他總是進步神速，一下子就能打敗對戰的年輕武士。過去他一直這麼相信自己。他對自己的實力始終信之不疑。即便剛才聽到右近兩人冒瀆地私下議論他，他甚至都還有點懷疑那是他們嘴硬不甘心認輸。

然而，今天右近的話，如果考慮到說話的時間和場合，顯然不是玩笑也不是謊言。

向來充滿自信的忠直卿，也不得不承認自己聽到的是真正的事實。右近的話，彷彿鐫刻在他耳朵深處，縈繞不去。

仔細一想之下，忠直卿已分不清今天風光的連戰皆捷中，究竟有幾分是真幾分是假。不，不只是今天。生平經歷的各種遊戲和比賽中，自己得到的無數次勝利和優越，究竟有幾分真幾分假，他全都不確定了。這麼一想，他感到內心被狠狠翻攪的強烈焦躁。他當然也不是每次都靠臣子假裝落敗才奪得勝利。不，其中大多數都是他正正當當獲勝。可是就因為有右近和左太夫這種失禮的傢伙，導致自己的勝利全都染上不純的色彩了。想到這裡，他對右近和左太夫產生強烈的憎惡。

然而，事情還不僅如此。這麼一來，就連三個月前剛剛在大阪戰場立下的功勛，在忠直卿的心裡都染上可疑的色彩，變得來歷不明。就連之前令他倍感驕傲的日本樊噲這個美名，都彷彿是在嘲笑他，帶著故意的誇張。被家臣們敷衍哄騙的自己，難道也被祖父大人隨意玩弄在股掌之上？忠直卿的眼中，終於不由自主浮現淚光。

## 三

在狂歡的酒宴上喝得爛醉的年輕武士們，聽到午夜鐘響後，立刻全體起立準備離開，不料這時侍從突然從內殿跑來，高舉雙手大聲宣布：

「諸位安靜！殿下有令，明天本來預定舉辦獵犬大賽，現在臨時更改，明天也將和今天一樣舉行槍法大賽，時間和出場順序都和今天一樣。」

年輕武士之中有人暗忖「傷腦筋，怎麼明天又要比賽」。也有人暗自偷笑，打算重演今天的勝利。不過，大多數的人都因黃湯下肚後格外亢奮，摩拳擦掌地說：

「每天比賽也無所謂。明天又可以盡情享用美酒了。」

翌日，城中的練武場和昨天一樣，被打掃得乾淨整齊，掛滿紅白布幔，忠直卿和昨天一樣坐在上座，但他不僅始終緊咬下唇，眼中還燃燒烈焰。

比賽的情勢幾乎和昨天完全一樣。不過，昨天的輸贏還鮮明留在大家心中，因此大多數對戰對其中一方而言是雪恥之戰，吆喝聲也因此比昨天更激烈。

紅軍比昨天的戰況還糟。主將忠直卿上場時，白軍以主將副將為首還有六人沒上場。

忠直卿今日格外亢奮，甚至令旁觀的家臣們感到不可思議。他就像昏了頭的男人，胡亂揮舞槍頭裹著棉花的長槍。起先上場的兩人就像對待燙手山芋似地畏畏縮縮迎戰。結果立刻被主君來勢洶洶的槍尖戳中伏地認輸。接下來的兩人也被主君可怕的氣勢嚇壞，只是舞著長槍比劃個樣子。

第五個上場的，是大島左太夫。他對今天忠直卿堪稱脫序的舉動，抱著一絲杞憂。當然，他做夢也想不到，自己的主君竟然就是昨晚偷聽他們說話的人。不過，他有點擔心昨晚在深夜的庭院咳嗽的人，是否會向主君進讒言密告自己兩人。他比平日更態度肅穆地在主君面前行禮。

「是左太夫啊！」忠直卿似乎極力想保持鎮定，但他的聲音卻異樣高亢。

「左太夫！無論用槍或用劍，真正的武藝必須用真槍真劍才看得出來！用裹著棉花的練習槍對戰，畢竟是假的，即使輸了也不會受傷，有時候，甚至就算輸了也不痛不癢！我忠直已經厭倦虛假的對打了。我要你也用真槍上場，拿出你在大阪之戰用真槍對敵的氣勢來！不用把我當主君。只要有機會儘管朝我刺來！」

忠直卿兩眼吊起，說到最後聲音已有點顫抖。左太夫面色大變。守在左太夫後方的小野田右近，也和左太夫一樣變了臉。

但是觀眾席的家臣們難以理解忠直卿的內心想法。他們多半只知害怕殿下的瘋狂和殺氣。

忠直卿過去雖然會時而暴怒，但是平日非常豁達爽朗，雖稍嫌粗暴，卻從來沒有殘暴不仁的舉動，也難怪家臣看到忠直卿今天的表現會神色大變。

不過，忠直卿今天拿起真槍，雖說是出於對左太夫和右近難以抹消的憤恨，多少也是希望知道自己真正的武藝。如果拿真槍對戰，他們應該也不敢隨便放水裝輸，肯定會使出看家本領來迎擊，屆時就能知道自己真正的實力。他心想，就算自己因此輸了，比起為虛偽的勝利狂喜，不知痛快多少倍。

「來人！準備真槍！」忠直卿一聲令下，想必是早有準備，只見兩名侍衛各自扛著一根看似沉重的長槍，送至忠直卿主僕之間。

「來吧！左太夫你也做好準備！」忠直卿說著，扔開用慣的二十尺長槍的槍套。

這把槍出自製槍名匠備後貞包之手，長近七寸的槍尖迸出殺氣，令在場眾人不由膽寒。

原本一直縱容主君忠直行為的老臣本多土佐，一看主君要展開攻擊，頓時來到忠直卿面前。

「殿下！您瘋了嗎？怎能以尊貴之身隨便舞刀弄槍，萬一傷及家臣，讓朝廷得知也不會善罷甘休。請立刻停止吧。」他眨著老眼，拚命勸諫。

「是老先生啊！你攔阻也沒用。今天這場真槍對決，是我忠直賭上六十七萬石家國的背水一戰。誰來勸都沒用。」忠直卿凜然宣告。話語之中伴隨冷如秋霜不可侵犯的威嚴。這種情況下，過去本就對忠直卿百依百順的土佐也只能緘口不語，頹然退下。

左太夫打從剛才已有充分覺悟。想到是昨晚的背後議論傳入殿下耳中，才有此懲罰，他已經毫無怨言。這是身為家臣理當接受的懲罰。想到這是假借真槍對打暗施懲處，他甚至感受到忠直卿的一番好意。他想乾淨俐落地死在主君的真槍之下。

「左太夫願以真槍陪主君一戰。」他豁出去說。觀眾席冒出對左太夫這種無禮態度的斥責。忠直卿苦笑。

「這才是我的好家臣。別把我當主君，只要有機會，儘管放馬過來！」

忠直卿說著，持槍退後十幾尺，站定位置。

左太夫也將真槍出鞘，大吼一聲「得罪了！」就迎向主君。

舉座皆被淩厲的殺氣震懾，渾身寒毛倒豎，大氣也不敢出，只是茫然旁觀這場主僕決鬥。

忠直卿甚至一心認定，只要能知道自己真正的實力就了無遺憾。因此他並沒有身為國主的自覺，也壓根兒沒把對方當成臣子，只是勇氣凜然地迎戰。

然而，左太夫打從開始就已抱著必死的覺悟。雙方較量三回合後，他的左腿上方就挨了忠直卿一槍，轟然發出巨響，仰天倒下。

觀眾席的人一齊發出深深嘆息。受傷的左太夫立刻被幾個同僚抬走了。

但忠直卿的心裡，毫無勝利的快感。他知道，左太夫的落敗，顯然和昨天一樣是刻意輸給他，因此忠直卿的心情比昨晚更失落。左太夫這傢伙，不惜賭上性命也要把虛偽的勝利讓給主君，這麼一想，忠直卿內心的焦躁、失落和無助，就更加根深蒂固了。忠直卿只恨自己即便以身試險，不惜犧牲臣子的身體，依然難以得知真相。

左太夫倒下後，右近毫不膽怯，蒼白的臉上，已有必死覺悟的雙眸發亮，拿起左太夫掉落的長槍上場。

忠直卿想，右近這傢伙，既然昨晚敢那樣不客氣地說出真話，肯定會拚死對戰。於是又鼓起快要消失的勇氣迎戰。

然而，此人也和左太夫一樣，內心對自己的罪過深感自責。同樣打算毫不戀棧地任由主君的長槍貫穿，以死謝罪。

忠直卿比劃了五、六回合後，看到右近屢次將堪稱要害的胸口故意露出破綻。想到此人同樣不惜捨命也要徹底矇騙主君，忠直卿感到難堪的失落。同時也對自己傻乎乎地被對方哄騙贏得勝利感到荒謬可笑。

然而，右近似乎只想盡快死在主君的槍下，故意對著忠直卿刺來的槍尖挺身相向，任由長槍貫穿右肩。

忠直卿痛快發洩了昨晚的鬱憤。但，這只不過在他心頭種下新的失落。左太夫和右近不惜賭上自身性命，守住了他們的謊言。

忠直卿當天深夜接獲消息，受傷後被送回家的右近和左太夫兩人先後切腹自盡，不由為之黯然。

忠直卿深思。自己和他們之間，有一層虛偽的薄膜。他們拚命在支撐那層膜，那虛偽的薄膜。那種虛偽，不是輕浮的虛偽，是抱著必死決心的虛偽。忠直卿今天曾經試圖用真槍拚命戳破那層虛偽的薄膜，但那破洞立刻被他們的鮮血修補好了。自己和家臣之間，依然隔著那層膜。在那層膜的對面，人們像正常人一樣真正交往。可當他們面對自己時，大家就立刻迎頭蒙上那層膜。忠直卿只要一想到自己被獨自遺棄在膜的這一邊，焦躁和失落便猛然襲上自己的身心。

## 四

真槍對決以來，殿下的暴躁脾氣越發嚴重的警報，令全城人心惶惶，面對忠直卿時也畏畏縮縮。在殿下面前時，侍衛們更是兩眼發直屏氣凝神，連動都不敢動。近臣也一進一退都力求禮儀端正，提醒自己不可犯下任何瑕疵。君臣之間本來多少還有點親近感，如今已了無痕跡，在主君面前只瀰漫肅殺氛圍。家臣們退下後，總會感到以往沒有的身心疲憊。

不過，察覺君臣之間出現了隔閡的，絕不只是家臣而已。忠直卿某天看到一名近臣，捧著大臣們給自己的文書，隔著四、五段[28]的距離就要屈膝跪行，忍不住說：

「儘管走上前來！用不著這麼拘禮。」可是聽來不像出於好意提醒，倒像是焦躁之下的斥責。侍臣聽從主君之言，試圖恢復原有的親近。然而，在那種刻意的親近背後，還是藏著硬邦邦的骨頭。

自從真槍對決以後，忠直卿就像忘了這回事，再也不練習武術了。不僅中止昔日天天舉行的武術大賽，甚至連木刀和假槍都不肯再碰。

昔日雖然傲慢卻豁達大度，雖然粗暴卻天真單純的青年君主忠直卿，自從突然不再碰木刀與短弓後，變得經常喝酒。雖然打從少年時代就有千杯不醉的體質，但他以前從來不會好酒貪杯，如今卻沉迷酒鄉，逐漸出現酗酒的傾向。

某晚的酒宴上，忠直卿難得心情愉快。於是，身為他第一寵臣的增田勘之介這名侍衛，邊替他斟滿大杯美酒邊說道：

「殿下最近為何都不去練武場了呢？在屬下看來，您似乎因之前立下大功有點自滿，起了怠惰之心。」他自以為講這種話可以充分展現對主君的親近。

不料，忠直卿忽然臉色一變。抓起一旁的杯盤，立刻對著勘之介的臉狠狠砸去。受到主君預期之外的暴行，勘之介嚇得面無人色，但忠心耿耿的他，始終不敢閃躲。他正面承受那些杯盤，任由蒼白的臉上血流如注，當場伏身謝罪。

忠直卿一語不發，站起來就這麼走進內殿。同僚們紛紛跑過去安慰勘之介，把他拉起來。

勘之介當日稱病請假回到住處，不等天亮就切腹自殺了。

忠直卿得知後，只是落寞地苦笑。

此事發生後過了十天。忠直卿與老臣小山丹後對弈。老人與忠直卿的棋力相當。不過，這兩三年來老人落敗的次數漸增。這天也是，丹後連續三次都敗在忠直卿手下。於是，老人露出和善的微笑說：

「殿下近來棋藝越發高明了，老臣實在不是對手。」

頓時，之前似乎還開開心心享受連戰皆捷的忠直卿，臉上掠過陰鬱的暗影，隨即猛然站起，一腳踢翻放在兩人之間的棋盤。棋盤上的黑白棋子散落，其中還有兩三顆打到丹後的臉。

丹後難以理解主君贏了棋局何以還要發怒。他在情急之下拽住正要拂袖而去的忠直卿褲腳，瘋狂地大吼：

「您這是怎麼了！殿下是心神大亂還是有什麼用意，非要這樣羞辱我丹後？」

頑固的老人心中，對忠直卿無理的態度，燃起熊熊怒火。

然而忠直卿對老人的憤怒絲毫不以為意，嘖了一聲就甩開抓住他褲腳的那隻手，大步走進內殿去了。

老人被自己從小精心呵護長大的主君如此無理地羞辱，不由老淚縱橫，同時也很不甘心。他想起已故的中納言秀康卿在世時寬宏大度的作風，同時也對自己無端受辱懊惱許久。正直的丹後，從來沒有為了討好主君故意輸棋的卑鄙念頭。

然而在忠直卿的心中，家臣的一舉一動，已經全都只有一種解釋了。

老人當天返家後，穿上禮服，按照禮法，持刀切開皺巴巴的肚子，毫不遲疑地自殺了。

忠直卿暴虐無道的傳聞，終於傳遍封地內外。

好強的忠直卿，過去為了享受優越感，經常和人比試，但經此一事後，他在那方面也完全不出手了。

如此一來，也難怪忠直卿的生活逐漸荒淫放蕩。在城中時，他無所事事終日沉溺酒食，漁獵美色。到了城外，也天天忙著打獵。他在荒野追逐飛鳥，在山中狩獵野獸。鳥獸當然不可能因為國主出遊打獵就主動跑到忠直卿的箭下。唯有脫離俗世，面對這種大自然時，忠直卿彷彿才得以擺脫包圍自己的虛偽薄膜，感到神清氣爽。

## 五

過去忠直卿對於輔政大臣們的意見是言聽計從。在他十三歲那年還叫做長吉丸時，父親秀康卿臨終時把他叫到床前，吩咐他：「待我死後，你要把老臣們說的話當成父親所言，好好聽從。」他也一直恪守這個遺訓。

然而，如今的他，即便在聽取國政時，也一律刻意曲解。大臣們如果推薦某人，多有誇獎，他就覺得那人是表裡不一的騙子，偏要拒絕任用那人。老臣們如果批評某人的行事作風，主張應命此人閉門思過才是正理，忠直卿就會覺得那才是正直之士，始終不同意處罰此人閉門思過。

越前領地一帶，這年發生近年罕見的歉收，農民苦不堪言。大臣們連袂來見忠直卿，請求免除一部分年貢米。但是大臣們越是勸諫得口乾舌燥，忠直卿就越討厭採用他們的建議。他心裡雖對農民相當同情，卻不願聽大臣擺布。於是，他把大臣們喋喋不休的建言當成耳邊風，大聲怒吼，「免談！我說免談就是免談，沒得商量。」到底是為何拒絕，連他自己都不清楚。

隨著君臣之間這種嫌隙漸深，國政也日漸荒廢，越前侯暴虐無道的傳聞，甚至連江戶的將軍家都有所耳聞。

但忠直卿這種心態，也逐漸侵蝕他最根本的生活。

某晚，他從剛入夜就窩在內殿，在愛妾們的圍繞下頻頻大口喝酒。京城特地遠道賞賜而來的美女絹野，最近集三千寵愛於一身。忠直卿當晚從天剛黑的七點到將近午夜十二點一直在喝酒。可是不喝酒的愛妾們，只是一再重複替他斟酒這個單調的任務。

忠直卿忽然睜開矇矓醉眼，看著在旁侍奉他的愛妾絹野。不料，此女或許是因每晚的酒宴已經累壞了。當著主君的面居然失態，只見她擁有雙眼皮的美麗明眸半閉，昏昏沉沉打起瞌睡。

定睛看著愛妾那張臉，忠直卿又陷入新的懷疑。女人委身於主君這擁有至高權力者，每天不分早晚都毫無自己的意志，只是被當成傀儡的那種寂寞，似乎在她不由自主打瞌睡的背後清楚呈現。

忠直卿暗想，這個女人對自己也沒有絲毫愛意。她巧笑嫣然的姿態，以及她的妖豔嫵媚，全都只是表面技巧。她只是身不由己地被人花大錢買下，不容分說地被送到國主這個掌權者面前，只能極力博取掌權者的歡心。這只不過是女人迫不得已的最後生路。

不過，不僅這個女人不愛他，到目前為止可有一個女人真心愛過自己？忠直卿思忖。

最近他終於發現，以往他完全沒嘗到人與人之間的人情味。

他甚至沒體會過朋友之間的友情。打從幼年，自己身邊就有幾個同齡的侍衛。但他們從來不曾和忠直卿以友人的身分來往。他們只是服從於他。忠直卿愛他們。可他們從來不愛這個主君。他們只是基於義務感服從他。

友情姑且不論，與異性之間的愛情又如何？從少年時代起，自己的身邊就有無數美女環繞。忠直卿愛她們。但她們之中，又有誰愛他？就算忠直卿愛她們，她們也沒有回報同樣的愛。她們只是唯唯諾諾服從他。現在他也依然支配著周遭無數人。但她們對於忠直卿，並未付出作為一個人的情感，只提供了服從。

仔細想想，忠直卿得到的只是作為愛情替代品的服從，是友情替代品的服從，是善意替代品的服從。當然，其中或許也有出於人性情感的真正愛情，或者也有過友情和純粹的善意。但就忠直卿現在的心情看來，那也變得混沌不清，被服從二字掩蓋。

被扔出人情世界之外獨立高處，雖有大批臣子圍繞周遭，卻感到蕭索孤獨的，就是忠直卿。

隨著這種意識逐漸高漲，他在內殿的生活，也變得味同嚼蠟，越發落寞。

他似乎已看透，過去自己愛過的女人，對他的愛都是虛情假意。只要被自己看上了，任何女人都會唯唯諾諾任他擺布。但那並不表示女人愛他。那只不過是以臣子的身分在主君面前盡義務。他已經厭倦了代替愛情的義務與服從。

隨著他的生活日漸荒淫，他想愛的不是純屬傀儡的異性，而是更有自主性會反彈的女性。對方不是打從心底回報他的愛也沒關係，至少要做出人性化的反抗。他想愛的是那種女人。

因此，他命藩內高官厚祿者把女兒都帶來後宮。但這些女子也同樣只把忠直卿說的話視為殿下的旨意，當成不可抗拒的命令，毫不反抗地逆來順受。他們就像獻給神明的活祭品，純粹是以犧牲的心情面對忠直卿。忠直卿即使和那些女子面對面，也完全無法產生淫念。

他的缺憾依然存在。他想，如果是名花有主的女人應該會稍微反抗。

於是他下令物色已訂婚的女子。但那種女人也出乎忠直卿的意料，將主君的意思視為絕對，對忠直卿敬若神明。

從這時起，就連藩士之間也出現批評忠直卿放蕩的聲音。

但忠直卿的荒唐行為依然沒有停止。得到訂過婚的女子，並未帶給他絲毫慰藉，於是他又犯下更暴虐無道的罪業。他私下打聽豔名在外的已婚婦女，臨時將其中三人召入城中，不讓她們回家。

有人感嘆主君已荒淫至極。

儘管做丈夫的數度請願，他還是沒有放人。重臣極力諍諫忠直卿，說這是違背人倫之道的行為。

但重臣越是勸諫，忠直卿就對自己的行為越感興趣。

被搶走妻子的三名家臣之中，有兩人得知忠直卿荒淫無道的真相後，似乎認為君臣之義也到此為止，竟不約而同相繼切腹自殺。

接到監察官稟報此事後，忠直卿舉起手中的酒杯一飲而盡，只露出微微的苦笑，什麼也沒說。家臣們都很同情死去的兩名武士。甚至有人讚揚：「不愧是武士，死得壯烈。」但人們只是將造成兩人死亡的原因，視為不可抗拒的天災。他們認為這是一種無法避免的命運。

兩人相繼死後，藩中眾人的焦點，就集中到同樣遭逢奪妻之恨卻還活著的淺水與四郎身上。

甚至有人罵這個妻子被奪還不切腹的男人是懦夫。

然而，過了四、五天後，此人飄然登城。並且對監察官要求進見忠直卿。但監察官千方百計試圖安撫淺水與四郎。

「不管怎麼說，對方可是主君。你如果現在去見主君，必定會被殺，殿下的荒淫無道，我們都很清楚，可是不管怎麼說對方畢竟是主君。」

但與四郎斬釘截鐵地宣言：

「無論如何，我都想進見主君。縱然被五馬分屍我也無怨無悔。請務必替我稟報。」他露出必死的決心。

監察官只好把他的請求轉告駐守在城中白書院[29]的大臣之一。年邁的大臣低聲說：「與四郎這家伙，看來是昏了頭了。明知主君無理，這種場合就該切腹死諫，才是做臣子的本分。另外兩人都明白這點，與四郎這傢伙卻因奪妻之恨失去理智。沒想到他竟如此糊塗。」

大臣雖然嘀嘀咕咕多有抱怨，還是叫來侍衛，不太情願地命其將此事稟告忠直卿。

沒想到，忠直卿聽了竟然沒有生氣。

「哈哈哈，與四郎這小子來了嗎？來得好。立刻叫他進來！我要見他。」忠直卿大吼，臉上露出睽違已久的快活微笑。

過了一會兒，像病犬一樣呆滯的與四郎出現在忠直卿面前。連日來他似乎已心力交瘁，面色蒼白，臉上隱約還瀰漫殺氣。而且，他的眼中充滿血絲。

忠直卿有生以來，第一次看到自己的家臣當著自己的面，毫無隱瞞地流露真正的情緒。

「與四郎嗎！上前來！」忠直卿和顏悅色說。他覺得自己是作為一個人面對他人，對與四郎甚至萌生某種緬懷之情。主僕之間的薄膜似乎已消失，只是同樣作為凡人面對面。

與四郎在榻榻米上滑近三、四尺，聲音彷彿是從地獄最底層冒出的呻吟。

「殿下！主僕之道比起人倫大道也只是小事。奪妻之恨，微臣只能以這種方式表達。」話才說完，與四郎已如飛燕縱身一躍，直撲忠直卿。他的右手，早有匕首發出冷光。然而，與四郎被敏捷的忠直卿輕易抓住右手，當場制伏在地。身邊的侍從之一，自以為機靈，想把侍衛拿著的忠直卿佩刀遞給他。但忠直卿反而斥退此人。

「與四郎！你不愧是武士。」忠直卿說著，放開了與四郎的手。與四郎握著匕首，頭也不敢抬，當下平伏在地。

「你的妻子也是，雖被我以性命相逼，也不肯聽我的話。你們夫妻在我的家臣之中是罕見之人。」忠直卿說著，打從心底暢快大笑。

與四郎的反抗，讓忠直卿得到雙重的喜悅。其一，作為一個人，他覺得在遭到他人憎恨、企圖謀殺後，這才終於獲准一腳跨入凡人世界。另一點，則是在藩中據說武術高強、敏捷無雙的與四郎拚死揮出的匕首，被他漂亮地擋下。這次較量，顯然沒有造假與謊言。他終於可以毫不懷疑地享受久違的勝利快感。忠直卿感到最近如蛆附骨侵蝕內心的鬱悶，終於開始化解，似乎看到了朗朗光明。

「請殿下直接將我處死。」與四郎如此請求，但他不僅沒受到任何懲罰就被釋放，連他的妻子也立刻獲准回家。

然而，忠直卿的這種喜悅，並未持續太久。

與四郎夫婦從城中離開後，當晚就並排躺在床上自殺了，雖不清楚他們究竟是為何尋死，想必是因自己竟對繼承大統的主君持刀相向深感羞愧，也感激忠直卿饒了他們一命的寬宏大度吧。

但忠直卿得知兩人的死訊後一點也不高興。如果就與四郎毅然自殺之舉來考量，他拿匕首行刺忠直卿，似乎也變得可疑。那似乎只不過是他想故意死在忠直卿刀下的手段，若真是如此，忠直卿當時輕易抓住他的右手將他制伏在地，顯然也和紅白對戰時敵方大將故意落敗沒有太大差別。這麼一想，忠直卿再次陷入黯淡的絕望心境。

忠直卿的荒淫無道後來變本加厲，正如史書記載。最後，他不僅恣意殺死家臣，甚至逮捕無辜良民，處以極刑。尤其是留下傳說的「石頭砧板[30]」，更是百世之後仍令人膽寒不敢直面。不過，忠直卿之所以刻意如此殘虐，或許是因為臣子不把忠直卿當人，所以忠直卿也不再把臣子當人看待。

## 六

不過，忠直卿的荒誕行徑也沒有一直持續下去。隨著他行事越發放蕩，幕府執政的土居大炊頭利勝及本多上野守正純，暗中策劃要廢除越前侯。不過，忠直卿不僅個性剛強過人，又是德川家的正統嫡孫，如果正面槓上，還不知會惹出多大的麻煩，因此將忠直卿的生母清涼尼送往越前，由她委婉轉告將軍家的意思。

忠直卿見到久違的母親當然很高興，他意外爽快地接受了剝奪領主身分的處罰，對六十七萬石封地棄若敝屣，前往被發配的豐後國府內31。途中在敦賀出家，法名一伯。時值元和九年五月，這年忠直卿才剛滿三十歲。後來他從豐後的府內遷往津守，幕府還給他一萬石俸祿，他得以安度晚年，於慶安三年九月十日去世。享年五十六歲。

關於忠直卿晚年的生活，沒有任何史實記載。不過，負責戒護忠直卿的府內城主竹中采女正重次，曾命家臣記錄忠直卿的言行，呈送給幕府執政者土居大炊頭利勝，留下一本《忠直卿行狀記》。其中有這樣一段記載：

「忠直卿移居敝國津守後，毫無荒誕舉止，始終安分守己。他常言失去六十七萬石家國時，猶如惡夢初醒，只覺神清氣爽。但求生生世世不再託生於國主大名之家。他說以往雖處於眾人圍繞中，卻如深陷孤獨地獄屢受苦楚折磨，對於被剝奪領主身分一事，毫無後悔之情。……閒來無事時，也會將村老或僧侶召來近前，與之對弈，觀其興致盎然，絲毫不見傳聞中暴虐遠甚殷紂王之貌，尤其與津守淨建寺的洸山老僧格外交好，即便聽到老僧言『若有六十七萬石封地，任誰皆想效法紂王，此非大人之過』亦不曾動怒，只是付之一笑。最後甚至命人將販夫走卒之類賤民帶來，即便對方說話粗俗無禮，他也聽得興致勃勃。其事事謹慎，憐恤侍從，愛護子民之狀，迄今令人們不解，蓋因忠直卿委實不像痛失六十七萬石家國之暴君。」

**譯註17** 家康，德川家康，大阪之戰擊敗豐臣家，結束戰國時期混亂平定天下，開啟江戶幕府時代。

**譯註18** 御所，對將軍的尊稱。家康退位，把將軍之位交給第三子秀忠後，被世人稱為大御所。

**譯註19** 長光，鎌倉後期備前國長船派的刀匠。在古刀期的名匠中，留下最多名作流傳後世。

**譯註20** 秀賴公，豐臣秀賴，豐臣秀吉第三子，幼年繼位為豐臣家主。大阪之戰時年僅二十出頭。

**譯註21** 隼人正，及長門（守）、豐前守、左馬助等皆為官位，古人習慣以姓氏加官位代替稱呼全名。

**譯註22** 町，一町約一百零九公尺。

**譯註23** 鶴翼陣形，如白鶴展翅，準備包圍敵人的陣形。

**譯註24** 樊噲，西漢開國功臣，軍事統帥。出身寒微，本以屠狗為業。

**譯註25** 初花，在日本被稱為「天下三大肩衝」（肩衝是指罐子肩部水平外張的茶罐）之一，乃德川家祖傳的陶製茶罐。

**譯註26** 破魔弓，正月新年舉行「射禮」活動，將箭靶稱為「hama」，因發音同「破魔」，被視為吉祥物，因此有了正月新年會送給男童玩具弓箭的習俗。

**譯註27** 隆達小曲，室町後期至江戶初期流行的歌謠。

**譯註28** 段，一段約十一公尺。

**譯註29** 白書院，柱子用白木製成未上漆的房間，用來舉行儀式和會客。

**譯註30** 石頭砧板，據說至今福井縣三國港仍留有他剖開孕婦肚子時用的石板。

**譯註31** 豐後國，舊時日本劃分地方行政區的令制國之一，現在的大分縣。府內是豐後國的首府。

# 禁止復仇令

一

鳥羽伏見之戰[32]，讚岐高松藩蒙上朝敵[33]的汙名。

高松藩的祖先是水戶黃門光圀[34]之兄賴重，光圀後來看了伯夷叔齊[35]的傳記，很後悔自己越過兄長繼承藩主之位，遂收養賴重之子綱條為養子，把自己的兒子鶴松送去高松，做那邊的繼承人。

因此，高松藩對幕府德川宗家而言，關係之親密僅次於御三家[36]。所以維新時，高松藩是全藩上下鼎力支持宗家的佐幕派。

在鳥羽伏見落敗後，小川、小夫兩位大臣率領敗兵，從大阪逃回了高松。

是時全藩正因朝敵之名而戰慄。在四國，身為勤王派魁首的土佐藩，早早就起兵追討朝敵，進入伊予後又有同屬勤王派的宇和島藩兵加入，松山的久松松平家也來歸順，之後越過予讚邊界進入讚岐。

大軍超過三千人。這是自長曾我部元親[37]以來，讚岐第二次遭到土佐兵侵入。

高松藩上下因外敵入侵陷入混亂，人心惶惶，每天在城中開會商議。究竟該歸順還是抵抗，難以輕易做出決議。

今天也在城中的大廳召集了重臣開會。

當下形勢是佐幕派占七成，勤王派占三成。佐幕派的領袖是大臣成田賴母，今年五十五歲，是個相當頑固的老人。

「薩長土[38]這是怎麼著，分明是挾幼帝之威，為自己謀取天下大權，甚至貪心地想取代德川，這是狐假虎威，專擅私慾。我們豈可畏懼這種人打著的大義名分，就此拋棄德川御宗家。先祖賴重公之所以受封領地高松，想必將軍家就是為了這種時候，希望我們堅守四國。我們自祖先以來，代代享受高祿，得以安閒養活妻兒，不就是為了在這種時候，捨出性命為將軍家效力嗎？這時若還不肯拋頭顱灑熱血，那我們豈不是自祖先以來代代都成了俸祿小偷。」

他說著，瞪著大眼環視在座眾人。

「沒錯，沒錯！」

「說得好。」

「我也有同感！」

在場四處有人這麼說。

「話是這樣說沒錯……」

雖然身分低微，但是因為在大阪通曉京都情況，被特准列席的藤澤恆太郎，從下方的座位開口說道：

「但目前已接獲確實情報，有栖川親王奉天子之旗南下東海道。王政復古[39]乃天下大勢。就算是將軍家，聽說也有歸順朝廷之意。這時候，如果不先確定將軍家的意向就貿然與土佐兵這批官軍作戰，恐怕有些不妥。」

「別說什麼將軍家有意歸順這種狗屁話！在鳥羽伏見雖然兵敗，但那說穿了是遭到對方偷襲，等將軍家回到江戶之後，如果重新招募天下兵馬，薩長土之流根本不是將軍家的對手。如果現在不對土佐兵反擊就立刻投降，萬一德川家再次興盛，我們高松藩除了被撤藩收回領地恐怕別無下場。更重要的是，我們如果賭上性命擊退土佐兵，奠定德川家的萬世基礎，不僅可保藩運昌隆，想必也能報答先祖以來的鴻恩。害怕土佐兵的膽小鬼就躲在城裡發抖好了。我賴母打算身先士卒與之一戰。什麼歸順、投降，根本想都不該想！」

賴母把恆太郎當成仇人似地瞪著眼如此怒吼。

「有道理！」

「說得一點也沒錯！」

「言之有理。」

眾人七嘴八舌，紛紛表示贊成。

恆太郎並未屈服於成田的怒吼，還是用平時溫和的聲調說：

「恕我冒昧頂撞成田大人，德川御宗家那邊，迄今不曾對天子之旗出手。更何況本家水戶藩那邊，自義公[40]大人以來，始終身懷尊王之志，烈公大人也同樣對皇室多方效命，這是眾所周知的事實。然而，我們堪稱與水戶藩同根同枝，如果在此重要關頭，弄錯順逆之分，成為朝敵，豈不是太遺憾了？」

恆太郎的反駁雖然條理分明，但是激動的賴母根本聽不進去。

「什麼順逆，那種說詞，是薩長土謀取私利時用的字眼，本藩身為四國探題[41]，領取德川將軍家的厚祿，如今將軍家有難，我們怎能不出兵效命。已經毋庸多說了。對我賴母的意見，同意的人就舉起雙手。聽清楚了嗎？是舉起雙手喔。」

不知是時勢所趨，還是屈服於賴母的強大壓力，舉座有八、九成的人都舉起了雙手。

## 二

當天夜裡，在士族住宅區的二番町小泉主膳家中，聚集了藩內十二、三名年輕武士。

長州的高杉晉作[42]，滯留金刀比羅宮附近榎井村的日柳燕石家時，小泉主膳曾經見過他兩三面，從此就一直抱著勤王之志，暗中糾集同志。但是本藩本來就是親藩[43]，而且藩士多半因循苟且，對於什麼尊王攘夷根本充耳不聞，因此始終無法募集同志前往京洛，發起轟轟烈烈的運動。

然他深懷憂國之志，認為至少在這種重要時刻，不能誤導本藩的民心向背。可是今天城中開會，最後藩論卻倒向了主戰派。這下子，真的變成朝敵了。

而且藩兵將在明早八點左右，兵分二路前往金刀比羅街道的一宮和丸龜街道的國分。

抱有同樣憂慮的同志不約而同來到小泉家。包括山田甚之助、久保三之丞、吉川隼人、幸田八五郎乃至其他人，都是二十至三十歲的年輕人。他們多半地位低下，唯有天野新一郎是俸祿八百石的重臣天野左衛門的嫡子，在眾人之中身分最高。

天野新一郎從少年時代就很好學，嗜讀賴山陽[44]的詩文，因此受到勤王思想的影響，痛感應該遵奉天朝打倒幕府，是現年二十五歲的青年武士。

他被提拔為侍衛長，今天城裡重臣開會時也敬陪末座。

「所以，成田賴母的鄙俗之見，到頭來還是占了上風嗎？」小泉氣憤地如此問新一郎。

「是的，藤澤恆太郎大人曾提出順逆之說，但是沒用。」新一郎就像自己也受到責罵似地垂下頭。

「要抵抗土佐兵嗎？奉天子大旗出征的土佐兵……我們肯定會輸吧。不是說土佐還有兩百支史奈德步槍？」山田甚之助嘲諷地說。

「我們不但變成賊軍，還要淒慘地落敗。而且，一旦王政復古，高松藩也會被撤藩懲處，不僅有違大義名分，還令主家滅亡……我們怎能坐視那樣的莽撞愚行。」小泉咬牙很不甘心。

「現在立刻去成田家，說服那個頑固的老頭吧。」一直保持沉默的吉川隼人提議。

「不，沒用沒用。」

山田甚之助搖手說：

「那個老頭怎麼可能聽我們這些小輩的意見。藩中會議都已決定了，事到如今就算再怎麼吵鬧，也不可能讓那個老頑固改變心意。」

「可是，難道要眼睜睜看著全藩變成朝敵嗎？」

吉川隼人臉色大變。

「不，不至於。我倒有個想法。只不過，那是賭上我們性命的非常手段。」

甚之助說著環視在場眾人。

「非常手段也行！你說說看。」身為主人的小泉說。

甚之助正要開口，忽然察覺天野新一郎在場，遂說道：

「天野，不好意思，能否請你暫時離開。」

新一郎臉色一變。

「為什麼？」

他俊美的嘴角，倏然抿緊。

「不，我不是對你有成見，但你和成田家素來特別親近。要對成田大人採取手段時，如果你在場，不僅我們尷尬，你應該也會很尷尬。今天就拜託你暫時離開一下吧……」

甚之助的話說得很委婉。

然而新一郎卻立時漲紅了臉，撂下話：

「我新一郎雖年輕，卻也自認可以大義滅親。平時承蒙各位視為同志與我論交，可是一有事就將我排擠在外，實在令我錯愕不甘。我絕不離開。」

「是嗎？閣下的志向，近來越發令人敬佩。那我就直說了。請各位靠過來。」

所有人都圍著甚之助。

甚之助壓低嗓門說：

「如今藩中已有定論，除了使出非常手段，沒別的方法能夠力挽狂瀾。我認為要阻止明日出兵，唯一的辦法就是今晚刺殺成田賴母。不知各位意下如何？」

他臉色蒼白，環視眾人。

「有道理，我贊成！」

吉川隼人第一個說。

主人小泉似乎早和山田商量過，這時平靜地開口：

「成田大人個人與我們毫無恩怨。他雖然頑固，卻是對主家忠心耿耿的人。問題是，為了端正一藩名分，以免誤了正理，我認為這是迫不得已的犧牲。只要幹掉成田大人一人，之後就沒幾人有主張。明天的出兵也是，總指揮成田大人如果死了，必然會在躊躇之下中止出兵。趁此期間，宣揚尊王主旨扭轉藩論，想必是輕而易舉。慶應二年以來，我們齊聚一堂談論勤王之志，正是為了在這種時候效命。刺殺成田大人不僅是為天朝著想，也能拯救主家。各位想必也沒有異議。」

「我沒有異議。」

「我贊成。」

「我也有同感。」

眾人紛紛大喊。

只有天野新一郎，什麼話都沒說。

小泉又平靜地說：

「既然沒有異議，那麼說到方法，各位也知道，成田賴母是竹內流小具足[45]的高手。他用短刀在室內對戰時，堪稱本藩第一高手。因此，我們要派去對付他的人，必須是武藝高強的人。」

「沒錯！」吉川隼人回答。

「不過，當前面臨外敵，我們必須避免成群出動鬧得城下雞犬不寧。我想先派三人出馬就好。」

全場都緊張了。但大家的心中，立刻浮現天野新一郎的名字。因為他是藩中武術教頭小野派一刀流熊野三齋的高徒。

「我的劍術雖不成熟，但請務必讓我加入。」吉川隼人說。

所謂「不成熟」，是他自己謙虛，其實在眾人之中算是相當厲害。不過，終究比不上新一郎。

「還有我，我也要去！」幸田八五郎說。

他也是相當不錯的劍客。不過，比起天野新一郎，仍舊不是對手。眾目睽睽之下，比自己劍術差的人都自告奮勇了，新一郎當然也不可能保持沉默。

「還有我，請讓我也加入。」

他不得不這麼說。

小泉和山田似乎都不打算派新一郎出馬，小泉溫和地說：

「不，天野，你最好還是不要去。讓你陷入痛苦的立場並非我們的本意。」

「不。」

新一郎微微湊上前，斬釘截鐵說：

「各位的好意我很清楚。你們就是因為有這番心意，才會叫我暫時離開吧。可是，正如剛才也說過的，公歸公，私歸私，這種場合，我希望各位完全不必有那種顧慮。」

「可是天野，你和成田大人的女兒，都已經訂親了……」

小泉的話還沒說完，新一郎就憤然大喝：

「天下有難之時，怎能再拘泥於那種兒女私情。無須擔心！」

大家都沉默了。並且被新一郎的氣概打動，凜然奮起。

## 三

然而，天野新一郎的心裡，並沒有嘴上說得那麼篤定。他的尊王志向雖比人強，但他和成田一家本就是遠親，平日來往也相當親密。

頑固的成田賴母，平時也只是個風趣古怪的老人，最大的嗜好就是海釣，新一郎也曾受邀同行兩三次。

賴母的兒子萬之助，今年十七歲，在文武兩道都把新一郎視為兄長，總是仰慕地喊著「大哥！大哥！」

萬之助的姊姊八重比他大一歲，今年芳齡十八，和新一郎剛剛訂親，可是由於局勢動盪不穩，婚禮只好延期。

所以，成田家的內部格局，他就像自家一樣瞭如指掌。

襲擊成田家的行動，定在當晚十二點整。

除了先發的吉川、幸田及新一郎，第二批人馬是小泉、山田和久保三之丞這三人。

新一郎在同志面前雖然裝作若無其事，畢竟心情晦暗，步伐沉重。

小泉特別提醒大家：

「千萬不要無謂地殺人。家僕如果阻攔，無奈之下砍殺亦可，但是只要賴母大人一倒下，我們就得立刻撤退。尤其是他的嫡子萬之助，絕對不能傷到他。」

這點讓新一郎聽了很高興。

由於明早就要出兵，城郭外圍鬧哄哄的。向來陰暗的街區，今晚家家戶戶都還亮著燈，雖已近午夜，仍有許多戶傳出動靜和人聲。

六人各自以黑布蒙面。成田家位於前有冷清馬場的五番町。

新一郎先回二番町的自宅，在家人面前假裝就寢，待午夜將至，才翻越自家圍牆趕往馬場。

深夜十二點整，六人到齊了。

「天野，我知道這樣很為難你，但是成田家還要請你帶路。」山田說。

「我知道。」

這晚沒有月光，因此誰也沒發現，新一郎的臉色已異樣蒼白。

他們在成田家後面的圍牆搭上繩梯。

新一郎率先進入宅內。

池塘對面的十二疊房間就是賴母的房間，隔著相鄰的八疊房間，再過去就是八重小姐的閨房。他衷心祈求八重千萬不要醒來。

縱然以黑布蒙面，他還是不想讓八重和萬之助看見。

為了敲破遮雨板，他們還特地準備了錘子，但是那樣會把宅內所有人都吵醒，因此決定另尋入口。

「天野，有沒有哪裡比較方便潛入？」山田對新一郎悄聲說。

「有。中庭那邊有小窗。」

這麼回答的剎那，新一郎後悔了。他覺得，就算是為了大義名分，好像也不用講得那麼仔細。

六人繞過庭院，進入中庭。果然，牆上的確有直徑二尺左右的矮窗。交錯成格子狀的窗櫺用的竹篾也很細。小泉拔出小刀，一根一根悄悄割斷竹篾。山田也上前幫忙。

「幸田，你的身材最瘦小。你從這裡鑽進去替我們打開遮雨板。」

「好，我來。」

幸田卸下自己的大小佩刀交給小泉，弓腰鑽進去。

接著從裡面接過大小佩刀，一邊問道：

「天野，窗門在哪裡？是這頭還是那頭？」

「我記得是那頭。」

幸田躡足沿著走廊走去。

外面的五人，也躡足走向遮雨板的另一頭。

抬起窗門的聲音微微響起。遮雨板低聲開啟。大家都拔出刀。小泉說：

「天野，你先。大家保持安靜。」

先發三人先進去了。

走廊旁的房間，就是八重的閨房。雖還隱約亮著燈，但她大概已熟睡，似乎沒有察覺他們的動靜。

「就是這一間！」

沿著走廊走了約六十尺時，新一郎轉身，悄悄低語。

紙門被唰地拉開。

頓時，「什麼人！」

早已嚴陣以待的怒吼聲，震撼先發三人的心頭。

賴母已察覺可疑動靜，迅速在睡衣外綁上腰帶，拿好佩刀。

「為了天朝，納命來吧！」

吉川用有力的聲音低吼。

「大膽！來者何人，報上名來！」

賴母站起來，拔出刀子把刀鞘向後一扔，抬腳踢翻地上的燈籠。

然而，燈籠熄滅的同時，山田拿著攜帶型油燈照亮了室內。

小泉把面向遼闊庭園的遮雨板喀啦喀啦拉開。這是為了方便行動。

被油燈照亮的賴母，從臥榻旁向後退開，背靠壁龕的柱子，舉起不足二尺的佩刀，刀尖指向敵人的眼睛。賴母雖是老人，依然行動颯爽。

「殺！」

吉川揮刀砍去，老人倏然屈身，躲向有低矮門框的裝飾架那邊。吉川狠狠砍下的長刀，卡進那門框，他慌忙試圖拔出刀子，老人趁機跳起，朝著吉川的左肩淺淺砍了一刀。

不愧是以短刀對戰為主的竹內流刀法，果然高明。

見吉川受傷，幸田迅速揮刀砍去，但老人躲到壁龕的柱子後，用那個當擋箭牌，一手舉起短刀指向對方雙眼。

宅內開始騷動。此刻分秒必爭。身為主謀的小泉著急了。

「天野！天野！」

他不禁脫口直呼新一郎的名字。新一郎被叫破名字固然吃驚，但老人比他更驚訝。

「是新一郎嗎，是新一郎嗎！」老人瘋狂的雙眼發直，睨視蒙面的新一郎。

新一郎只覺彷彿吞了滾水。

打從剛才，他就抱著不忍直視賴母拚命反擊的心情，舉刀伺機而動，可是現在被對方發現身分，他的思緒越發混亂，刀法純熟的他，刀尖也不由微微顫抖了。

「天野，讓我來！」

急躁的山田，說著就想推開新一郎。到此地步，新一郎也進退兩難。

「不用你助刀，我自己來！」

新一郎說著，推開山田，拚命大吼一聲：

「伯父，抱歉！」

他將對方用來擋刀的壁龕柱子反過來當成自己的擋箭牌，迅速貼近柱子後，一邊閃躲對方揮下的刀鋒，左手猛然捅出一刀，貫穿賴母的左腹，將他整個人釘在背後的牆上。

幸田立刻用右手補上致命的一刀。

小泉正在對付趕來的家僕們，見賴母倒下，當下大吼：

「大家撤退！撤退！」

隨即護著受傷的吉川，朝之前特地打開以便撤退的後門奔去。

新一郎舉起一隻手對倒臥的賴母屍體敬禮後，這才殿後衝下庭院。

「小賊別跑！」

萬之助的聲音傳來。

（萬之助，八重，原諒我！）

新一郎在內心如此吶喊，一邊躍過水池，追上同志們。

「別跑！卑鄙小人你給我站住！」

萬之助的聲音就在三十尺後。然而，新一郎頭也不回地跑了。

## 四

成田賴母橫死的消息，震撼了高松藩上下眾人。翌晨的出兵也被迫延期。

對佐幕主戰派而言這是一大打擊。

藩中意見頓時倒向勤王派。藩主賴聰的弟弟賴該的勤王恭順說，立刻占據上風。

藩論將鳥羽伏見之戰歸咎於先發隊長小夫兵庫、小川又右衛門兩人，兩人被迫切腹自殺。

兩人的首級，經大臣蘆澤伊織、彥坂小四郎之手，送至當時已抵達姬路的四國鎮撫使、四條侍從、五條少納言的陣營。

土佐兵和丸龜藩的士兵，只在高松城下滯留兩三天就撤退了。

之後，光輝的王政維新時代來臨。

暗殺成田賴母的一行人，在接下來的一、兩天相繼逃離高松。

新一郎也想一起逃亡，但小泉和山田都阻止他。

「你身為天野家嫡子，身分高貴。我們犯下殺人罪，只要我們脫藩，誰也不會懷疑你。你就留在藩內，為國家為本藩好好效力。本藩畢竟曾經蒙上朝敵的汙名，前途艱難多險。你該做的事還有很多。」

這就是他們的意見。

新一郎只要想到率先動手殺人的是自己，就對自己獨自留下倍感痛苦，但他也不希望和小泉、山田一起脫藩後，讓萬之助和八重發現自己就是凶手。

新一郎猶在苦惱之際，小泉等人已經從城外西邊的系濱相繼雇用漁船逃往備前了。

刺殺成田賴母的凶手，被認定為小泉、山田、吉川、幸田、久保這五人。

而且到了王政維新時代，佐幕派的賴母之死，被視為活該遇害，對殺人者只有讚賞，毫無責難。

當然更無人懷疑天野新一郎。

賴母留下的子女萬之助和八重也是，他們不僅不懷疑新一郎，還在父親死後把新一郎當成唯一的商量對象，開始依賴他。

新一郎身為勤王派，讓他的立場很有利，明治三年他被太政官[46]召喚，派至司法省當官。

刺殺成田賴母的六名同志中，小泉主膳加入長州的藩兵，轉戰北越，不幸死於長岡城的攻城之戰。幸田八五郎得到薩州大山格之助的賞識，加入薩軍，後來死於會津戰爭。

久保三之丞於明治元年年底病死京都。

剩下三人之中，山田甚之助成為近衛大尉，吉川隼人成為東京府的警部。

天野新一郎由於才學過人，升官也快，明治五年已成為東京府判事。

然而，即便在他離開高松後，也沒有忘記成田賴母遺留的家屬。

他不時想起等於自己未婚妻的八重雲鬢高聳的美麗模樣。以前每逢新年或端午節，他去成田家做客時，嗜酒的賴母就會命他作陪，那種時候，八重總是會盛裝打扮，親自替他們斟酒。

賴母橫死後，八重和萬之助絲毫沒有懷疑過新一郎。新一郎卻受到良心的譴責，主動疏遠了成田家。

八重喪父，接著又發生維新變革，因此新一郎和八重的婚事也就此擱置。

（八重小姐想必已經出嫁了吧。抑或仍待字閨中？）

新一郎來到東京後，也經常這麼暗忖。

新一郎當然不是為八重守貞，但他始終未婚。前輩和同僚都曾替他撮合婚事，但他就是意興闌珊。

明治四年春天，前高松藩大臣蘆澤伊織來到東京。他和新一郎是遠親，和成田家也是遠親。

新一郎許久未去水道橋的舊藩主府上請安，沒想到一去就在那裡巧遇伊織。

「啊，好久不見。」

「噢，是蘆澤伯父啊。」

新一郎很懷念。

「高松藩士中，能夠任職新政府的人寥寥無幾。而你，正是其中一人，希望你好好努力，將來做到參議[47]。」伊織說。

「不，那恐怕不可能。現在畢竟是薩長[48]的天下。不是來自薩長就不被當人。」

新一郎沉痛感嘆薩長權力之大已無可動搖。

「是嗎？說到這個，高松的確晚了一步啊。不過，幸好沒有像會津藩那樣被徹底當成朝敵。多虧有你們出力讓本藩早早歸順朝廷，真是太好了。藩中眾人現在也都很肯定你們的功績。」

「真的嗎？謝謝您的誇獎。」

這時，伊織似乎忽然想起什麼，換了個話題。

「你認識成田的女兒吧。」

「認識。」

新一郎若無其事回答，但連他都發現自己臉紅了。

「聽說她曾與你訂親，是真的嗎？」

「哈哈哈哈哈！那已是陳年往事，您就別提了。」

他想當成玩笑帶過，沒想到伊織認真地說：

「不，那可不行。聽說那位姑娘一直在等你從東京回去接她。」

「真的嗎，伯父？」

新一郎大吃一驚。

「好像是真的喔，聽說無論是誰上門提親她都拒絕了。你也是，讓花樣年華的姑娘苦等，豈不是罪過。難不成你在東京已經結婚了？」

「不，我沒有結婚。」

新一郎明確否認。

「那你就趕緊讓八重姑娘得知喜訊吧，哈哈哈哈哈！」

「哈哈哈哈哈！」

新一郎也半開玩笑地笑了，但他其實已心亂如麻。他並非不愛八重。問題是，自己正是八重的殺父仇人。他認為自己如果隱瞞這個事實和八重成婚，有違人倫之道。

可他對八重的愛意，始終縈繞心中，令他無法和別的女子結婚。

新一郎雇用嬤嬤和女傭、書生[49]，住在麴町六番町的武士宅邸。房子很大，庭院也超過五百坪。

即使他苦勸留在家鄉的父母來東京，父母也聲稱不願離鄉，並未搬來東京。

他本想趁返鄉探望雙親時順便打聽八重和萬之助姊弟的情況，盤算過回一趟高松，可是殺死賴母的記憶依然歷歷如昨，每次到了該動身時，終究裹足不前。

轉眼來到明治五年。就在這年的四月五日。新一郎四點左右從官廳下班回來，出來迎接的女傭說：

「有客人從家鄉來拜訪您。」

「從家鄉來！噢，叫什麼名字？」

「對方自稱姓成田。」

「成田！」

懷念與恐懼，頓時以同等分量湧上新一郎的心頭。
回到起居室坐下後，他吩咐女傭：
「把人請過來。」
（八成是萬之助，萬之助今年也二十二歲了吧，如此說來八重也二十三了嗎？）
他如此思忖著等候之際，門開了，披著頭髮的萬之助，笑嘻嘻露面。
「嗨！」
新一郎也不勝懷念，忍不住扯高嗓門。
「好久不見！」
萬之助鄭重跪地行禮。並且又補充一句：
「姊姊也和我一起來了。」
「八重小姐也來了！」

新一郎大受衝擊，被萬之助看到自己臉紅令他很難為情。

「來，過來這邊坐！」

新一郎把坐墊拉到自己身邊。

八重從門後露出上半身，低頭向他行禮。新一郎迫不及待想看八重抬起頭。

纖細挺直的鼻梁，宛如地藏菩薩的蛾眉，水汪汪的溫柔雙眸，八重一如往昔纖弱嬌美，卻又增添一抹令人憐惜的憔悴，令新一郎心痛不已。

姊弟倆遲遲不肯靠近他。

「來，過來這邊坐。離那麼遠，不方便說話。來來來。」

自己身為殺父仇人的恐懼淡去，此刻新一郎心頭只有懷念和親密洋溢。

「不時聽到來東京的鄉親提起你們，我私底下一直很擔心，現在看到你們姊弟倆平安無事，真是太好了。」

「大哥也是健壯如昔，還當了大官，恭喜大哥。」

聽到萬之助像以前一樣喊他大哥，新一郎幾乎落淚。

「你們是什麼時候來的？」

「昨天剛到。」

「搭蒸汽船嗎？」

「對。從神戶搭船。」

「那一定累壞了吧。八重小姐想必更是旅途勞頓。」

新一郎終於對她發話，八重當下羞紅了臉，微微低頭。

「那你們現在住在哪裡？」

「暫住蘆澤府上。」

「是嗎？如你所見，我家空曠無人，歡迎你們隨時過來，要不乾脆明天就過來吧？」

「謝謝大哥。說不定還真要來叨擾大哥了。」

萬之助也對新一郎一如往昔的關懷感動得熱淚盈眶。

「你這次來東京，是為了求學嗎？還是想出仕做官……」新一郎問。

萬之助沉默片刻，說道：

「關於這個，我改天再和大哥商量。」

萬之助的眼神似乎突然變得陰沉，令新一郎暗自心驚。

當天，姊弟倆在新一郎家吃過晚餐後，聲稱三、四天之內會再來，就回水道橋松平宅邸內的蘆澤家了。

但是第三天傍晚，來的不是姊弟倆，竟是突然造訪的伊織。

這是稀客，新一郎連忙鄭重將他迎入會客室，蘆澤伊織劈頭就說：

「八重小姐終究忍無可忍，來到東京了吧。」

「……」

新一郎無言以對。

「聽說你對他們姊弟說，歡迎隨時來你家，你就別再這樣吊著人家，不如痛快地娶了她吧。」

「唔……」

「你可別支支吾吾。最好有個明白的答覆。八重小姐不也已經二十三歲了。女人的青春寶貴，轉眼就年華老去。就算你現在掌管法律，也不至於忘記人情吧。昨天也是，我稍微向小姐一提，她就立刻拜託我促成。換作從前，早就由藩主賜婚，不容你逃避了。你倒是說話呀，天野！」

新一郎詞窮了。在他心裡充滿對八重的愛意。然而，萬一成婚後，被八重姊弟發現他是殺父仇人，那才真是從天堂直墜地獄了。他想，身為男人，這個節骨眼一定得堅持住，於是說道：

「謝謝您的關心。那對姊弟，我也是當成自家親人一樣深感同情。我願意把他們接來家中，照顧一輩子都沒問題。不過，與八重小姐的婚事，我希望暫緩一陣子。」

「你真頑固。難道是已金屋藏嬌？」

「不。絕無此事。」

「既然如此，婚事豈不是毫無阻礙？」

「我還有一點顧慮……」

「你願意照顧人家，但是不願意結婚？」

「是。」

伊織有點目瞪口呆地仔細打量新一郎。

「看來你也是個怪人。那你會當成自家人一樣照顧他們吧？」

「是，這點倒是毫無問題……」

「是嗎？那好，總之我就把那對姊弟先送來你家。你們朝夕相處後，如果你喜歡八重小姐，你會正式迎娶她吧？」

新一郎略微考慮，喃喃說：

「也許會吧。」

## 五

八重和萬之助就在四、五天後，搬來新一郎家。

八重雖非新一郎的妻子，卻已自然而然像是家中主婦。

她替新一郎打理生活瑣事，也替他疊被鋪床。

新一郎也把八重當成妻子那樣尊敬、疼愛。他在駿河町的三井和服店替八重買了全套新衣，也在日本橋小傳馬町的金稜堂買了梳子、髮簪、腰帶扣等昂貴飾品。

然而，即便兩人在新一郎的臥房獨處，新一郎也沒碰過她一根手指。

八重來後過了兩個月。這天，新一郎去赴宴，晚間快十一點才帶著微醺歸來。八重殷勤照顧新一郎，替他換上睡衣，扶他躺下就寢。

但新一郎躺下後，八重始終沒有離開之意。

她一直坐在新一郎的被腳邊。

新一郎為此很不自在，對她說：

「八重小姐，妳不去休息嗎？」

八重一聽，似乎終於找到機會，開始嚶嚶啜泣。八重為何哭泣，理由實在太清楚，因此新一郎也驟然心亂了，萌生難堪的苦惱。

他想，索性忘記一切吧，或許唯有把那纖細的嬌軀擁入懷中，她和自己才會幸福。然而新一郎尖銳的良心不容許他那麼做。雖然當初不是為私慾殺人，可自己畢竟是她的殺父仇人。而且，隱瞞此事和死者的女兒結為夫妻，也不是男人應有的行為，這種念頭狠狠壓下了他的愛慾。

他任由八重哭了一會兒，最後平靜地說：

「八重小姐，妳的心情我很了解。妳長期等我的心意，我真的很高興。現在，我其實已把妳當成妻子看待。不過，唯有夫妻結合這件事，因我心願未了，暫時還無法做到。妳想必痛苦，我也很痛苦。但我希望妳不要絕望。將來想必終有我喊妳為妻，妳喊我良人的一天。」

新一郎的話，蘊藏真誠和愛意。

八重放聲大哭趴倒在地。

但是過了一會兒她終於不哭了。

「是我失禮了。請原諒。」

她說著，溫婉地拉開門。

（八重小姐！）

新一郎差點按捺不住喚她回來的衝動。

## 六

萬之助曾說改天要告訴他來東京的目的，之後卻不了了之。而且自從搬來新一郎家後，萬之助就天天出門。

起初新一郎以為他去上課，但是聽女傭說起，才知他是去學劍術，新一郎有點不安，於是某晚把萬之助叫到面前，問道：

「聽說你每天都出去學劍術，是真的嗎？」

「是的。」

萬之助坦誠點頭。

「是嗎？你這樣是不是有點打錯主意呢？如今封建制度已廢除，想必很快也會對士族發布廢刀令，就算去學劍術又有何用。為何不在這新時代，好好學習文明開化的學問以便立身處世呢？不如去福澤50老師的私塾上課吧？」

萬之助低頭沉默片刻，最後方說：

「我一直沒告訴大哥，我去學劍術是有原因的。」

「什麼原因？」

「我萬之助要報仇。」

「啥！」

新一郎大吃一驚，不由扯高嗓門。

「父親賴母遇害之恨，我說什麼都無法放下。」

「……」

新一郎只覺肝腸寸斷，心痛得說不出話。

「當初看到父親側腹中刀，脖子被砍掉一半，倒臥血泊時，我就已下定決心，縱然捨棄性命也要報仇。進入維新時代後，我本來灰心地以為沒機會報仇了，但是根據明治時代發布的新律綱領，其中有一條載明父祖輩被殺時，就算去報仇，只要事先向官府申告便可無罪，我這才安心，同時也越發堅定為父報仇的志向。而且就在同一年，住谷兄弟於神田筋違橋報仇的消息，連高松也有耳聞，所以我才不顧一切，立刻來到東京。」

新一郎感到脖子發涼，同時若無其事地問：

「你知道仇人是誰？」

「我知道。就是父親遇害後，翌日便離藩的小泉、山田、吉川等五人。」

「可是，其中有三人都死了……」

「山田和吉川還活著，我想這正是老天爺憐憫我的心願。」

新一郎感到自己臉色發白，頓時不想被萬之助正面注視。

「在那幾人中，你知道是誰下的手嗎？」

「我不知道。大哥和那些人曾經來往過，是否知道詳情呢？」

新一郎強忍心頭動搖，說道：

「不，我也不清楚……」

「是誰直接下手，並非問題重點。總之山田和吉川都是我的仇家就對了。」

新一郎沉默片刻，說道：

「太政官對於新律綱領中公然允許報仇，後來也產生疑慮，還發下令狀徵詢大學教授們的意見，教授們也回答應該禁止報仇，因此只等左院[51]達成院議，近日之內就會頒布禁止復仇令。尤其當時正逢維新之際，那並非為私怨或私慾殺人，是為了國家迫不得已才殺人，所以你這樣執意怨恨山田、吉川等人，恐怕值得商榷吧。我認為，賴母大人如果泉下有知，想必也不願你把寶貴的半生浪費在報仇，若你能專心學習文明學問，出人頭地，他老人家不知會有多麼欣慰……」

新一郎這番話，聽來完全是發自肺腑。

「我很感激大哥的開導。但我並不期盼出人頭地。我只想為父報仇。不，或許父親如大哥所言，已經不恨對方了。如果是那樣，那就當我是替自己了結遺憾吧。我終究無法忘懷目睹父親慘死時的不甘。」

新一郎被萬之助強烈的決心震懾，再也說不出話。自己如果承認是凶手，這些年的深厚感情，肯定會立刻破滅，萬之助一定會立刻舉刀相向。

「你說得對。既然如此，希望你在禁止復仇令頒發前就能一償宿願。不過，你知道山田和吉川長什麼樣子嗎？」新一郎問。

「這正是我頭痛之處。兩人我都不認識。而且他們現在一個是近衛大尉，一個是警部，都待在我難以下手的地方。更何況，我的心願是一次向兩人同時報仇，所以實行起來相當困難。」

「原來如此……」

新一郎回答後，不由黯然。

新一郎很想說出事實，讓萬之助找自己報仇。可是新一郎自認殺死賴母是為了國家迫不得已之舉，因此並沒有那種足以讓他自行招認引頸就戮的自責感。況且最近他得到左院副議長江藤新平的賞識，已內定被提拔為司法少輔，他也有一番野心，打算屆時為新日本民法及刑法的改革出一把力。

他想，暫時只能先觀察萬之助的狀況，同時設法讓萬之助打消復仇的念頭，這樣不僅是為大家好，想必對萬之助也有好處。

就這樣到了明治六年。

正月新年，萬之助去水道橋的舊藩主松平宅拜年。他在那裡見到了山田甚之助，但是山田手握軍刀，對萬之助絲毫不敢放鬆戒備。萬之助幾次伸手去摸懷中的短刀刀柄，可他還是想連同吉川一起報仇，而且被對方身上華麗的近衛士官制服的威力震懾，到頭來終究沒出手。

當晚，萬之助在新一郎面前懊惱地哭訴。

過沒多久，就在明治六年二月，太政官發布第三十七號公告「禁止復仇令」。

公告內容如下：

殺人乃國之大禁，懲處殺人者為政府公權，然自古以來便有舊習，將為父報仇視為子弟義務。此舉雖出於至情迫不得已，畢竟是以私憤觸犯大禁，以私義違反公權，擅殺之罪本不可免。加之，過激之下，往往有不問對錯，不顧是否合理，挾復仇之名義，濫行互相陷害之弊端，甚為不妥。因此嚴禁復仇。今後若有至親不幸遇害者，可於了解事實詳情後，儘速向有關單位提出告訴。若未經正式管道，逕自按舊習殺人，當科以相當之罪刑，特此公告，盼勿違之。

新一郎從官廳帶回公告的抄本，拿給萬之助看。

萬之助看了之後，不禁落下男兒淚。

等萬之助不哭了，新之助平靜地說：

「既然已發布這種公告，你就算是為父報仇，也等同謀殺。最少也是無期徒刑，嚴重的話甚至會被判斬首。」

但萬之助毅然說：

「自從我立志復仇，就已將個人生死置之度外。曾我五郎和十郎[52]也在復仇的同時捨棄性命。對這兄弟倆而言，想必是求仁得仁。哪怕朝廷頒布禁令，我還是要報仇。我一定會報仇。這條命只需在報仇前保住，等我殺死仇人後，區區性命就再也沒什麼好珍惜了。」

不久之後，新一郎突然咯血。本就體弱如蒲柳之質的他，不知幾時竟染上肺疾。

八重的震驚和悲痛，以及之後全心奉獻的照護，只讓新一郎的心情更沉重。

新一郎的病情日漸嚴重。到了這年七月，終於被醫師宣告回天乏術。

新一郎於八月一日在病床切腹自殺。

他留下幾封遺書。寫給萬之助的內容如下：

萬之助閣下

你的殺父仇人就是我。首先對令尊出刀之人正是我。致命一刀出自幸田。吉川與山田當時並未出手。請勿把他們當仇人，自誤一生。切記切記。余雖命數已盡，卻未靜待天命，反而選擇自殺，是對閣下略盡微衷。余死後，閣下大仇已報，請勿再思復仇。

新一郎絕筆

留給八重的遺書，內容如下。

八重小姐

請原諒余死時方敢稱汝為愛妻。隱瞞殺父之仇與汝成婚，有違余之道德良心。尚祈見諒。余死後，大仇自然解除，是故敢稱汝為妻。余給上司之遺書，已表明汝為吾妻，余之財產及政府給予之獎金，盡歸汝所有。請與萬之助幸福度日。若有良緣，嫁人亦可。

新一郎絕筆

萬之助與八重在新一郎的遺體前相擁而泣，久久不歇。

譯註32 鳥羽伏見之戰，明治新政府與舊幕府的武力衝突。慶應四年（一八六八）佐幕派大軍從大阪向京都進擊，與新政府軍在京都南郊的鳥羽、伏見交戰，佐幕派兵敗，德川慶喜敗走江戶。

譯註33 朝敵，與天皇及朝廷作對的敵對勢力。

譯註34 光圀，水戶藩第二代藩主，德川家康之孫。後世創作的「水戶黃門」就是描寫他歸隱後漫遊各地的故事。

譯註35 伯夷叔齊，商紂王時孤竹國的王子，叔齊被父親指定為王位繼承人，但他堅持讓位給哥哥伯夷，伯夷不接受，叔齊也不願登位，後來相繼逃到周國。

譯註36 御三家，以德川家康第九子義直為始祖的尾張家，以第十子賴宣為始祖的紀州家，以十一子賴房為始祖的水戶家。

譯註37 長曾我部元親，戰國時代的土佐大名，曾出兵讚岐，統一四國。

譯註38 薩長土，推動明治維新的薩摩藩、長州藩及土佐藩，也被稱為「勤皇三藩」。

譯註39 王政復古，江戶時代末期，藉由明治維新廢止幕府，恢復君主制的政治轉變。

譯註40 義公，即前面提到的德川光圀，諡號「義公」。「烈公」是水戶藩第九任藩主德川齊昭。

譯註41 探題，幕府時代負責裁決政務的重要官職。

譯註42 高杉晉作，幕末長州藩的尊王攘夷志士。創立奇兵隊，致力於推翻幕府。

**譯註43** 親藩，以德川家康的直系子孫為中心，關係特別親近的大名藩領。

**譯註44** 賴山陽，江戶後期的歷史家、思想家、文人。

**譯註45** 小具足，使用短刀的日本傳統格鬥技術。

**譯註46** 太政官，幕府解體後，新政權標榜恢復律令古制，新成立的中央最高行政機構。

**譯註47** 參議，最高行政機關太政官的官職之一。

**譯註48** 薩長，薩摩藩與長州藩的簡稱。

**譯註49** 書生，受雇於家中料理家務，同時繼續念書的學生。

**譯註50** 福澤諭吉，明治時代的啟蒙思想家，慶應義塾的創立者。

**譯註51** 左院，明治初期的立法機關。

**譯註52** 曾我五郎十郎，曾我兄弟為父報仇發生在建久四年（一一九三），被視為日本三大復仇記之一。殺死仇人後，哥哥十郎死於混亂中，弟弟五郎被捕，遭到梟首示眾。

# 我的日常道德

一、比我富有的人，無論給我什麼，我都會欣然接受。也毫不客氣地讓對方請我吃飯。總之別人給我東西時我不會客氣推辭。因為爽快地施與受，會讓人生更光明。收要爽快地收，給也要爽快地給。

二、別人請客時我會盡量多吃。那種時候，沒必要難吃也硬說好吃，但好吃的就明確說出好吃。

三、與人共餐時，對方若比自己的收入少，就算有點吃力也該由自己付款。對方如果收入不低，當對方堅持要付錢時就讓他付。

四、別人開口要錢時，我會根據彼此關係的親疏遠近來決定是否答應。無論對方多麼缺錢，只見過一面的人我絕對拒絕。

五、生活費以外的錢我誰也不借。如果對方是生活所需我才會借。但我內心對友人知交各有一定的金額，只會借給對方我心甘情願為此人付出的金額。既然借了，就不會要求對方還。也沒有人還過。

六、約定一定要遵守。人若不守信就無法維持社會生活。因此與人的約定除了不可抗力以外我從未毀約。不過，有種約定偶爾會毀約。那就是找我寫稿的約定。唯有這個，好像就是無法徹底守約。

七、某人告訴我誰誰誰曾經講過我壞話時，我通常隨便聽聽不會當真。因為人都會在背後批評別人，也有時雖然講對方壞話，心裡卻很尊敬對方，而且在轉述的過程中，第三者往往只提及此人講的壞話卻沒轉述對方同時也講過的好話。

八、我不會假客氣。我堅持自己的價值，也要求別人給予我應有的待遇。我不管和誰一起坐車，只要有空位，我就不會去坐走道中央的簡易輔助席。

九、我也受不了別人好心轉述關於我的惡評或負面傳聞。得知那些傳聞後若能緊急應變的場合倒還好，除此之外我只想裝聾作啞。

十、我經常在路上鬆開腰帶走路。這時如果有人提醒我，我總是很反感。腰帶鬆了，只要自己沒發現就無所謂。我討厭被旁人提醒。那種事不用旁人提醒，自己遲早也會發現。關於人生大事，或許也一樣。

十一、我想把對他人的關懷與照顧當成聊以自娛。不想當成義務。

十二、對我抱著好意的人，我會回以好意。對抱有惡意的人則回以惡意。

十三、請我批評作品時，壞文章我死都不會說好。哪怕會讓對方多麼受傷。但我覺得還算有點意思的文章，我也不會為了鼓勵對方就誇張地讚美。

（大正十五年一月　菊池寬三十九歲）

# 口罩

## 關於西班牙流感與人心深淵，菊池寬短篇小說傑作選


| | |
|---|---|
| 作　　者 | 菊池寬 |
| 譯　　者 | 劉子倩 |
| 主　　編 | 蔡曉玲 |
| 封面設計 | Bianco Tsai |
| 內頁設計 | 顧力榮 |
| 校　　對 | 黃薇霓 |

| | |
|---|---|
| 發 行 人 | 王榮文 |
| 出版發行 | 遠流出版事業股份有限公司 |
| 地　　址 | 臺北市中山北路一段 11 號 13 樓 |
| 客服電話 | 02-2571-0297 |
| 傳　　真 | 02-2571-0197 |
| 郵　　撥 | 0189456-1 |
| 著作權顧問 | 蕭雄淋律師 |

2022 年 7 月 1 日　初版一刷
定價新台幣 360 元

（如有缺頁或破損，請寄回更換）



Printed in Taiwan
ISBN：978-957-32-9635-5
遠流博識網 http://www.ylib.com
E-mail: ylib@ylib.com





國家圖書館出版品預行編目 (CIP) 資料

口罩：關於西班牙流感與人心深淵，菊池寬短篇小說傑作選 / 菊池寬著；劉子倩譯. -- 初版. -- 臺北市：遠流出版事業股份有限公司, 2022.07
　面；　公分
譯自：マスク：スペイン風邪をめぐる小説集
ISBN 978-957-32-9635-5(平裝)

861.57　　　　111008641